AS *DEZ*VANTAGENS DE MORRER DEPOIS DE VOCÊ

Fernanda de Castro Lima

AS *DEZ*VANTAGENS DE MORRER DEPOIS DE VOCÊ

3ª edição
Rio de Janeiro-RJ / Campinas-SP, 2021

VERUS
EDITORA

Editora
Raïssa Castro
Coordenadora editorial
Ana Paula Gomes
Copidesque
Lígia Alves
Revisão
Maria Lúcia A. Maier

Ilustrações da capa
Janis Smits / Shutterstock
AVS-Images / Shutterstock
Projeto gráfico
André S. Tavares da Silva
Diagramação
Juliana Brandt

ISBN: 978-85-7686-774-6

Copyright © Verus Editora, 2019

Direitos reservados em língua portuguesa, no Brasil, por Verus Editora. Nenhuma parte desta obra pode ser reproduzida ou transmitida por qualquer forma e/ou quaisquer meios (eletrônico ou mecânico, incluindo fotocópia e gravação) ou arquivada em qualquer sistema ou banco de dados sem permissão escrita da editora.

Verus Editora Ltda.
Rua Benedicto Aristides Ribeiro, 41, Jd. Santa Genebra II, Campinas/SP, 13084-753
Fone/Fax: (19) 3249-0001 | www.veruseditora.com.br

CIP-BRASIL. CATALOGAÇÃO NA PUBLICAÇÃO
SINDICATO NACIONAL DOS EDITORES DE LIVROS, RJ

L698d	
Lima, Fernanda de Castro	
As *dezvantagens* de morrer depois de você / Fernanda de Castro Lima. – 3. ed. – Campinas [SP] : Verus, 2021.	
; 23 cm.	
ISBN 978-85-7686-774-6	
1. Ficção brasileira. I. Título.	
19-56406	CDD: 869.3
	CDU: 82-3(81)

Vanessa Mafra Xavier Salgado – Bibliotecária – CRB-7/6644

Revisado conforme o novo acordo ortográfico.

Seja um leitor preferencial Record.
Cadastre-se no site www.record.com.br e receba
informações sobre nossos lançamentos e nossas promoções.

Atendimento e venda direta ao leitor:
sac@record.com.br

*Achei que entendia de amor. Aí veio o Gabriel
para me mostrar que eu não sabia nada.
Este livro, assim como a minha vida, é para você.*

SE JOGA, MENINA!

É tudo tão pequeno.
Quero matar a Júlia. Claro que, mais do que nunca, isso é força de expressão. Eu só consigo pensar em quanto tudo, visto bem do alto, é tão sem importância. Quando a porta do avião abre, essa é a primeira coisa que me vem à cabeça. O medo quase visceral é menor que a percepção da realidade. Um tapa na cara dado pelo vento rasgando a pele do meu rosto. Grito, grito, grito tanto. Não fosse eu tão insignificante diante daquele mundão ali embaixo, talvez Deus achasse que eu estivesse mesmo precisando de ajuda. O paraquedas abre e eu sorrio. E choro. Porque é aniversário da Júlia. E a Júlia não está mais aqui.

Dentro do ônibus, voltando para casa, abro o envelope azul e releio o papel em que está anotado o primeiro item da lista. Está feito.

O dia começou amargo com café puro. Logo que o sol nasceu, o celular veio me lembrar de que era só o início. Eu queria desistir e não o fiz por ela. Desejei que 17 de novembro do ano passado tivesse sido arrancado da folhinha pendurada na geladeira, grudada por ímãs de fotos antigas da família — duas manias da minha mãe, que não consegue se desprender de alguns hábitos jurássicos. Aquele 17 de novembro, em que a Júlia e eu decidimos, deitadas na cama, numa tarde de calor e preguiça, elaborar uma lista de coisas que uma deveria cumprir no caso de a outra morrer. Claro que a ideia foi dela.

— Por que não fazemos uma lista do que a gente gostaria de cumprir enquanto ainda está viva? Não é assim que todo mundo faz? — perguntei.

— Justamente porque é assim que todo mundo faz — ela respondeu.

E, enquanto eu franzia a testa e o meu cérebro borbulhava atrás dos desejos para Júlia realizar no dia em que eu não estivesse mais na Terra, ela rapidamente escrevia algo em uma folha de papel, guardava em um envelope colorido e lambia a aba para tentar selá-lo.

— Por que você não usa a cola, Júlia? Está aí do seu lado.

— O cuspe não devia fazer o papel grudar? Por que não está dando certo? — ela perguntou.

— Sei lá. Mas isso é nojento.

— É só uma babinha, Gabi. Deixa de ser fresca.

Cada uma de nós numerou os envelopes devidamente lacrados — no caso da Júlia, com cola e cuspe — de 1 a 10. Eu entreguei os meus para ela e vice-versa. O acordo era que só poderíamos abrir o segundo depois que o primeiro desejo fosse cumprido. E assim sucessivamente. Nunca imaginei...

Sempre anoto as datas em que coisas marcantes acontecem na minha vida. Culpa do calendário. Ele me incomoda tanto que desenvolveu em mim uma espécie de obsessão. Qualquer fato que tenha alguma relevância eu corro para marcar o dia na folhinha. Ela é toda rabiscada. Não porque minha vida seja incrível e cheia de acontecimentos memoráveis, mas porque eu tinha mania de achar tudo muito legal.

Mas isso foi antes.

Antes de 22 de abril. Essa data, mais que arrancada do papel, não poderia ter existido. Se a vida fosse justa, a Terra seria engolida por um buraco negro no dia de Tiradentes e cuspida para fora só no aniversário de são Jorge. E o descobrimento do Brasil passaria esquecido este ano, a Júlia não precisaria ser lembrada e eu não teria me jogado em pleno domínio das minhas faculdades mentais do alto de doze mil pés, seja lá que altura isso represente.

Olhei três vezes na mochila se havia guardado a passagem que comprei pela internet. E, antes de sair de casa, escrevi no dia 5 de agosto: "Se joga, menina!"

Liguei para tia Ana. Deixei tocar até cair a ligação. Nada. Liguei de novo. Dava para ouvir o mau humor pela respiração.

— Alô. Aconteceu alguma coisa?

— Só queria lembrar que a gente tem que estar lá às oito.

— Você está de brincadeira, né, Gabriela? Que horas são?

— Cinco e pouquinho.

— O que leva uma criatura a ligar para outra às cinco da manhã de um sábado?

— Já falei, tia. Só queria confirmar. Está de pé, né? Porque eu já estou aqui no ponto esperando o ônibus.

— Eu já furei com você, Gabriela?

— Lógico que já. Um monte de vezes.

A ligação emudeceu por uns segundos.

— Até mais tarde. Agora desliga antes que eu mude de ideia.

Tomei o ônibus até a rodoviária debaixo de um céu de carvão, sem nem um pontinho de luz para contar a história. De onde tirei coragem para ficar no ponto esperando, sozinha, não sei dizer. A sensação era a de estar sendo observada o tempo todo. O certo é que a cota de valentia do ano, talvez da vida, se esgotou no intervalo entre o pão na chapa e o arroz com feijão. E deixou, por merecimento, um crédito de covardia para ser usado quando eu bem entendesse.

Na rodoviária, fui até a plataforma e esperei o ônibus para Boituva. Imaginei que iria vazio e eu, deitada em dois bancos, poderia dormir em todos os cento e vinte e dois quilômetros que separam São Paulo da cidade interiorana. Essa distância, percorrida a uma velocidade de mais ou menos oitenta quilômetros por hora, renderia noventa minutos de sono. Tudo errado. O ônibus estava cheio, e ao meu lado sentou um homem com um metro e oitenta só de pernas que teimavam em invadir meu espaço. O motorista andou a uns trezentos quilômetros por hora, fazendo os enormes gambitos do fulano balançarem de um lado para o outro, estalando seus ossos da canela no meu joelho mirrado. A sensação foi de que a viagem levou umas quatro horas, embora o relógio mostrasse que haviam se passado apenas oitenta minutos.

Tomei um táxi até o local. O sol já estava alto. Afundei na gola da jaqueta e fechei os olhos. A corrida foi curta, mal deu tempo de sair do meu estado de vigília. Rapidinho chegamos à escola de paraquedismo.

Claro que a Ana ainda não estava ali. Ela foi a única para quem contei o que pretendia fazer. Não queria ter falado para ela, mas precisava que alguém assinasse a autorização. Menor de idade não pode saltar de paraquedas sem a presença de um responsável. Minha mãe teria autorizado, mas eu não queria contar para ela nem para o meu pai. Eles não estavam merecendo saber da minha vida. Além do mais, aquilo era só meu e da Júlia.

Não faço ideia do motivo de a minha tia ter combinado de me encontrar em Boituva. Ela mora em São Paulo também, pertinho da gente, quase vizinha. Sei lá, não entendi, e em se tratando da tia Ana nem quis perguntar.

Quase quarenta minutos esperando sentada na sarjeta. Estava para desistir quando eis que ela surge, descendo de um carro prata, usando óculos de sol, minissaia, salto fino e um casacão. Tem só nove anos de diferença entre a gente. Talvez por isso ela tenha me proibido de chamá-la de tia. Vez ou outra deixo escapar. As roupas não ajudavam a convencer ninguém de que a Ana era mãe de uma adolescente de dezessete anos, como eu pretendia que acreditassem. Ela passava por minha irmã sem esforço.

— Achei que não vinha — falei, emburrada.

— Não enche. Vamos lá?

Entramos na escola de paraquedismo. Fomos à recepção e eu me apresentei à moça, dizendo que tinha agendado um salto.

— Gabriela Muniz.

A recepcionista me perguntou um tanto de coisas para preencher o cadastro e fui respondendo de saco cheio, porque já tinha feito tudo pela internet.

— Tem um responsável para assinar a autorização para que você salte? — a moça perguntou.

Eu ia desistir de tudo. Era melhor. A Ana jamais passaria por minha mãe. Ainda mais vestida com roupas de balada e toda maquiada. Eu estava mesmo pensando em dizer que não.

— Eu — minha tia falou.

— Você é responsável por ela? — A moça deu uma boa olhada nela e se voltou para mim, correndo os olhos de cima a baixo.

— Qual o problema?

— Nenhum — ela respondeu. — Você pode me emprestar seu documento?

Gelei. Não sei bem por que, nem queria aquilo, queria era estar de pijama deitada debaixo das cobertas na minha cama, dormindo e, com sorte, sonhando que estava dormindo debaixo das cobertas na minha cama. E a Júlia devia estar se matando de rir do meu desespero enrustido. Ela saberia como agir, teria cara de pau, teria coragem. A minha já estava no limite.

— Claro. — A Ana pegou da bolsa a carteira e da carteira a identidade.

Ela estava, não sei como, com o documento da minha mãe, e dava mesmo para acreditar que era dela. Com o RG na mão, a moça seguiu olhando para a Ana, para mim, para a Ana, para a identidade, para a Ana, para mim e, quando passou o olho no documento uma vez mais, a Ana soltou:

— Qual o problema?

— Nenhum. É que você aparenta ser bem mais nova — a recepcionista falou.

— Genética boa — Ana disse.

— Que sorte a sua. Você realmente parece muito mais nova — ela insistiu.

— Ai, que saco! É porque eu fiz alguns procedimentozinhos, caramba! Um botox aqui, uma lipo na barriga depois que essa aí nasceu e me deixou horrorosa, botei peito também. Qual o problema? Quer que eu grite pra todo mundo saber que eu sou uma farsa? Está vendo, Gabriela, o que eu passo por sua causa? — A Ana estava exaltada.

— Desculpa, eu não quis ofender você. — A moça ficou roxa de tão vermelha e depois azul de tão roxa.

— Mas ofendeu. Que sem noção, né, amiga? — E ela conseguiu, eu juro que vi, ficar com os olhos cheios d'água. A Ana devia era deixar de ser aeromoça para tentar a carreira de atriz. E, já que aquilo tudo estava sendo tão surreal, aproveitei para fazer graça também.

— Vocês deviam cobrar só depois.

— Por quê? — A moça mal tinha fôlego para falar. A voz saiu abafada.

— Por respeito. Vai que acontece alguma coisa, o paraquedas não abre, sei lá... Vocês não devolvem o dinheiro se der errado, devolvem? Pra minha... mãe? Então, por consideração ao possível presunto em potencial, no caso eu, acho que vocês deveriam cobrar só depois do salto.

— Fica tranquila que é seguro. Nós já fizemos milhares de saltos como esse e sempre deu tudo certo — ela disse, no meio de um sorriso sem graça.

— Tudo sempre dá certo até o dia em que dá errado — respondi, no meio de um sorriso honesto, enquanto sacava da mochila o cartão para pagar pelo passeio no meu túmulo com asas.

A moça estava tão atordoada que nem se deu conta de que quem passou o cartão de crédito fui eu e não minha "mãe". E nos acompanhou até um grupo onde estavam três instrutores mais meia dúzia de lunáticos, cada qual com sua razão para pôr o amor de Deus à prova. Nunca fui religiosa, mas acho que experimentar uma situação que nos coloca frente a frente com a morte nos faz acreditar com mais veemência que existe algo maior. E nesse dia eu estava mesmo botando fé nisso. Só que a verdade é que eu estava apavorada. Jamais faria aquilo não fosse a Júlia e a maldita lista.

— Você tem um RG da minha mãe? — perguntei.

— Tenho. Ela achou que tivesse perdido, fez boletim de ocorrência e tudo. Sabe como é avoada, né? Então nem desconfiou que eu peguei da carteira dela. Depois tirou um novo e eu usei este aqui que nem doida quando era menor de idade e queria entrar em mo... em baladas e fazer outras coisas pra maiores de dezoito anos.

Dei risada. A Ana era inacreditável. Ela sentou no chão, escorou a cabeça num canto, fechou os olhos e depois jurou que não dormiu sentada, mas eu sei que sim. Enquanto ela dormia, eu e os outros quase suicidas fizemos um cursinho para aprender a nos jogar do avião e a forma correta de posicionar o corpo durante a queda livre. Precisamos fazer uma simulação em cima de um banco. Acho que fazem isso para que a gente não entre em pânico e acabe atrapalhando o cara que está no controle da coisa toda, porque, creio, não deve existir um jeito certo de se jogar no nada.

Levou um tempo ainda para chegar a hora de embarcarmos. A ansiedade me consumia de um jeito que nunca tinha acontecido antes. Eu respirava fundo e ainda assim parecia não entrar ar suficiente nos meus pulmões. Doía.

Quem me visse juraria que era de vontade própria que eu entrava no avião, sentava no meio, esmagadinha entre as duplas, sorrindo meio de nervoso, meio de felicidade, meio de oqueestoufazendoaquijesus.

O barulho era alto. Eu não escutava nada do que dizia o instrutor, só balançava a cabeça, concordando e sentindo doerem as bochechas do sorriso estirado. O avião não parava de subir, quem sabe ele fosse para onde a Júlia estava. E deu saudade. Depois veio a raiva.

A porta abriu e o vento gelou tudo, inclusive dentro de mim. A primeira dupla desapareceu em poucos segundos. A outra, depois mais uma. Chegou a minha vez. Eu me arrastei até a porta do avião, não queria, não queria, não queria, chorei pequenininho, os óculos que eu precisei colocar embaçaram, uma tortura. Por que a Júlia estava fazendo aquilo comigo? Ela sabia... Tenho medo, costumo ter medo de tanta coisa. Tinha medo de saltar, tinha medo de o paraquedas não abrir, de desistir e me arrepender, de ir e gostar, de perder o medo de me jogar.

Deitei a cabeça no ombro do instrutor e fiquei olhando para o teto do avião. De repente surgiu o céu azul-clarinho, algumas nuvens, a estrada, o imenso terreno malhado de grama e terra batida, casinhas miúdas um pouco mais distantes. Tudo se projetando diante dos meus olhos, como se fosse um filme da vida de outra pessoa.

A Terra foi chegando perto de mim, e eu, que achei que o medo tivesse acabado, experimentei um pouco mais. Esperava quebrar uma perna, e se fosse só isso ficaria no lucro. Mas o que aconteceu foi um impacto não muito forte. Ainda bem e acabou.

O engraçado é que, caminhando de volta para a base da escola de paraquedismo, esqueci tudo o que achei ruim e comecei a achar bom. Muito bom. Foi uma daquelas coisas que a gente detesta no momento em que está fazendo, mas sabe que, quando passar, vai achar incrível pelo resto da vida.

Não contei para ninguém, além da Ana, o que ia fazer, mas já considero contar. Quase que por instinto, pego o celular com a intenção de digitar uma mensagem para Júlia. E me dou conta de que ela não vai ler, de que não vai me responder. É um exercício diário cair na real e entender que, sim, é verdade. Que, sim, ela morreu. Prefiro pensar que ela deve ter visto, de toda forma. Acho até que segurou minha mão ou estava ali, no vento, soprando meu rosto. Será que conto para o Fabinho? É, acho que sim. Ele que nem sabe da lista. Para os meus pais? Vão ficar bravos. Não por eu ter feito isso sem o consentimento deles, mas por não ter convidado os dois para me acompanharem. Desculpa aí, mãe, foi mal, pai, mas isso é pessoal demais para dividir com vocês. Inclusive, acho que nem estão interessados.

Por falar nos dois, percebo ao entrar em casa que eles ainda não acordaram. Passaram a noite na balada. Festa de divórcio da amiga maluca da minha mãe. E quem diria que a velha da família iria acordar num sábado de madrugada decidida a pular de um avião? Quem diria que a velha da família iria mesmo pular de um avião? Aquilo foi extraordinário pra caramba. Então estou desistindo de manter segredo. Seria blasé demais. Até para mim.

Almoço o que sobrou da janta e deito na cama. Repasso pela décima vez todo este dia na cabeça. Com o celular na mão, fico olhando a foto que fiz assim que pousamos e também a que o fotógrafo da escola tirou do meu voo. Pareço feliz. Tem uma alegria ali que eu nem percebi que sentia. Então me rendo à turma das selfies narcisistas atoladas em hashtags e expressões gringas profundas e poéticas e posto as fotos: "Cause, baby, you're a firework. Come on, show 'em what you're worth. Make 'em go, 'oh, oh, oh' as you shoot across the sky".

Júlia, eu sei. Você está aplaudindo, sua loka.

Que saudade.

CONTANDO OS DIAS

A cada like uma comemoração, com direito a braços levantados e um tanto de vergonha pela cena patética. Sentindo no pé o quentinho do sol que invade meu quarto por uma fresta na janela quase inteira fechada, durmo com o celular na mão. A última atualização mostrava trezentos e setenta e dois likes, recorde absoluto para mim, apesar da grande quantidade de "amigos" que tenho. Eles existem, estão ali ocupando os espaços da minha timeline, mas são como gotas respingadas na janela nos dias de chuva intensa. Todas iguais, desaparecem sem que a gente perceba e não deixam marcas.

Poucos são os amigos sem aspas, e a principal não está mais no mesmo plano que eu. Mesmo assim, ela continuará para sempre a melhor — mesmo a gente sendo tão diferente e discordando o tempo todo. A Júlia se incomodava um pouco com meu posicionamento de vida. Achava que eu era acomodada. Ela não entendia que isso me bastava. Do jeito que era estava bom.

Sou bonitinha, sei que sou. Mas a Júlia me queria linda, exuberante. Como ela. E da forma que ela acreditava que eu também era debaixo da armadura.

— Eu não quero esse vestido, Júlia. É justo demais. Não quero chamar atenção.

— Gabi, mas é só pra chamar a sua atenção. Danem-se os outros. É pra você se sentir maravilhosa. E lógico que, se os garotos tiverem torcicolo por sua causa, a gente não vai achar ruim, né?

— Eu não preciso disso pra me sentir bem.

— Sei que não. Mas por que se contentar com o bom se você pode ter o incrível?

— Será que o seu incrível é o mesmo que o meu?

— Claro que não, Gabi. O meu é muito melhor!

— Tonta!

Acordo já sem o sol e ainda sem planos. Mais uma noite de sábado sozinha em casa, devorando séries no computador. E estudando, ou melhor, tentando estudar. Está difícil manter a concentração nos últimos tempos. Preciso entrar em uma faculdade pública, preciso deixar para trás outros cinquenta e oito candidatos no mínimo, não faço cursinho e já estou quase desistindo antes de tentar. Desde que me conheço por gente quero ser médica. A Júlia não tinha muita ideia do que queria fazer da vida. Já falou que seria veterinária, bióloga, atriz. Mudava de opinião a todo momento.

Tento me concentrar na leitura sobre a Revolução Francesa, mas meus olhos escapam a todo instante das páginas do livro direto para o envelope número 2, que é rosa. Nunca fui muito fã dessa cor. Volto a atenção aos princípios *Liberté, Égalité, Fraternité* para, pouco depois, avançar mais de dois séculos no tempo e não conseguir pensar em nada além do que a Júlia pode ter deixado anotado ali para mim.

Fecho o livro e pego, no criado-mudo, o segundo envelope. Desdobro o papel que tirei de dentro dele.

Fazer aula de dança.

Estou um pouco brava, confesso, mas deixo escapar um meio sorriso. É que me lembro da festa do Gustavo, em que a Júlia insistiu muito para eu dançar com ela. Nem faz tanto tempo assim.

— Vamos, Gabi! Dança comigo, vai!

— Ah, Ju... Você sabe que eu não gosto.

— Como você sabe que não gosta se nunca tenta? — ela perguntou, chorosa.

— É que eu não sei dançar.

— E como vai aprender sem praticar?

— Para de me devolver um monte de perguntas!

— Ah, Gabi... Dança comigo, por favor.

— Tem um monte de gente dançando. Por que eu preciso ir junto?

— Porque nada nesta vida tem a mesma graça sem você — ela falou em tom de deboche e formou um coraçãozinho com as mãos.

Acabei cedendo e fui para a pista improvisada sobre o gramado no quintal da casa. Comecei a me chacoalhar de um lado para o outro. Júlia tentou me ajudar com alguns movimentos, mas não aguentou por muito tempo e caiu na gargalhada. Aquilo me irritou.

— Por que você está rindo tanto?

— Desculpa, Gabi, mas você é muito dura.

— Você que é um ser praticamente invertebrado.

Ela riu ainda mais.

— E você parece que não tem articulações — disse.

Saí do quintal e fui para a sala. Ela veio atrás de mim, me pedindo desculpa, dizendo que não queria me deixar chateada. Soltei um "Poxa, Júlia!", aí ela começou a me imitar e entendi quanto eu era ridícula dançando. Ri também. Mas não quis voltar à pista pelo resto da noite.

Tenho certeza de que foi por causa desse dia que ela escreveu o item número dois. Releio-o, então, e o sorriso, que já era pequeno, desaparece. Não quero fazer isso, não quero fazer aula de dança, não quero realizar nenhum desejo que não seja o único que tenho há um tempo e o último que terei até o fim da vida: não fazer coisa nenhuma.

Também não quero mais abrir esses envelopes estúpidos, nunca imaginei que teria que fazer isso, achei que nunca, nunca, nunca. E fico com mais raiva ainda porque a lista que eu fiz é tão mais besta e sem sal. Exatamente como eu sou. E como a Júlia nunca foi, nem por um segundo sequer. E sei agora, mais do que nunca, que ela estava errada. Sim, ela estava absoluta e completamente errada quando me disse naquele dia, na festa do Gustavo, na pista sobre o gramado, que as coisas não têm a mesma graça sem mim. É mentira sua, Júlia. É mentira, porque eu sei que sou um tédio.

Ligo para o Fabinho.

— Eu sou um porre.

Ele se mata de rir.

— Estou falando sério. Sou monótona, enfadonha, morna, rotineira, parada, taciturna...

— Taci o quê?

— Taciturna. É a mesma coisa que monocórdica, maçante, entediante.

— Tá com o dicionário aí do lado?

— Tô com ele aberto no computador. Eu precisava ver todos os sinônimos possíveis pra definir a minha pessoa insípida, aborrida e macambúzia.

— Já deu, né?

— Ai, Fabinho...

E começo a chorar. É tanta coisa dentro de mim ao mesmo tempo que um sentimento anula o outro e, no fim, sobra o nada. Choro pelo vazio.

— Quer que eu vá aí? — ele pergunta.

— Você não vai fazer nada hoje? Num sábado à noite? O que aconteceu?

— Ah, não estou muito legal... Acho que comi alguma coisa que não caiu bem. Tô meio enjoado.

— Então vem.

— Em meia hora tô aí.

Os minutos do Fabinho duram mais que os meus. Nem sei quanto tempo leva para ele chegar, mas é o suficiente para eu parar de chorar, tomar um banho e até jantar — ou tentar, melhor dizendo, porque não desce nem um grão de arroz. E tudo isso sozinha, já que meus pais não estão em casa. Outra vez.

Quando o Fabinho chega, vamos para o meu quarto e, antes que eu diga qualquer coisa, ele pergunta:

— Que loucura foi essa de saltar de paraquedas? Por que você não me disse que ia fazer isso?

Mostro os dez envelopes e conto como Júlia teve a ideia maluca da lista. Engraçado que, depois que ela morreu, eu demorei para lembrar que essa lista existia. Estava tão entorpecida pelos acontecimentos que passei semanas apenas visitando os espaços desocupados dentro de mim. Até que, de repente, ela me veio à cabeça. Então comecei a procurar alucinadamente os envelopes. Fazia muito tempo que eu os tinha guardado e não lembrava onde. Passei horas aflita, arrancando tudo de dentro das gavetas e jogando no chão. Não podia acreditar que eles tinham desaparecido. Era como vivenciar novamente a morte da minha melhor amiga. Pior: era como se eu mesma estivesse tirando dela a chance de viver outra vez.

Várias vezes tive que interromper minha busca para retomar o fôlego, derrotada pelos soluços constantes. Era um choro doído, indomável. Quase o mesmo desespero que me deu quando eu soube da morte da Júlia. Uma vontade de fugir de mim mesma, de deixar de ser eu, de abandonar minha existência. De arrancar qualquer coisa que havia e, ao mesmo tempo, o que faltava de dentro de mim. Eu precisava encontrar aqueles envelopes e, depois de revirar o quarto, localizei a pilha guardada em uma pastinha na parte mais alta do guarda-roupa, embaixo das roupas de cama. Não sei bem por que os deixei ali, mas imagino que os escondi tão bem por medo de ter que procurá-los um dia.

— Gente! Só a Júlia pra ter uma ideia dessas! — Fabinho diz.

— Mesmo depois que eu encontrei os envelopes, demorei vários dias para ter coragem de abrir o primeiro — revelo.

Fabinho pede para ver a lista que eu fiz para a Júlia, mas meus envelopes ficaram com ela. Eu me esforço, porém não consigo lembrar de tudo o que escrevi. Se não me engano, tinha "tomar um pote de dois litros de sorvete de uma vez", "passar um fim de semana inteiro sem tomar banho", "doar sangue", "ficar sem celular por uma semana", "escrever um diário por um ano". Ah, e "tomar banho de chuva".

— Você é *mesmo* taci...

— Taciturna — completo.

— Que falta de imaginação, Gabriela. Escrever um diário?!

Volto a chorar.

Meu amigo ri e me abraça. Bato no braço dele mandando-o tirar o sorriso besta da cara. E repito que estou com raiva da Júlia, que não quero continuar com essa palhaçada, que é demais para mim. Por que ela está fazendo isso comigo? Como é que eu vou cumprir os desejos que ela criou para mim — e como posso não cumprir?

— Eu vou ter que fazer aula de dança, Fabinho! Faz comigo, por favor? — choramingo.

— Nem a pau!

— Poxa... Estou precisando tanto de você. Como eu vou fazer isso sozinha?

— Ah, bi... Jura?

— Juro. — Beijo os dedos cruzados.

— Prometo que vou pensar, mas tem duas coisas da lista que você criou que eu topo fazer agora.

— O quê? — pergunto.

— Tomar os dois litros de sorvete e ficar sem tomar banho.

— Você demorou tanto que eu já tomei uma ducha, saco! Mas o sorvete eu topo.

Fabinho dorme em casa, deitado na cama comigo. Acordo antes dele e fico ali, quietinha, observando seus traços, o nariz, os olhos, a boca... Já desejei muitas vezes que ele não fosse gay. Eu tinha uma queda pelo Fabinho, e uma vez quase chegamos a nos beijar, uns anos atrás. Acompanhei todo o seu processo de descoberta. De aceitação, melhor dizendo. Dele mesmo e da família, e não foi fácil para ninguém. Por muito tempo eu quis que ele me visse da mesma forma que o enxergava. Mas no fundo eu sempre soube.

Ele abre os olhos, já sorrindo logo de manhã, tapa a boca com a mão e abafa um bom-dia.

— Bom dia pra você também — digo, sem me preocupar com meu bafo direto na cara dele.

— Tem uma escova de dentes pra mim?

— Só aquela que você usou da última vez que dormiu aqui.

— Faz tempo...

— Três meses e catorze dias.

— Você contou?

— Está anotado na folhinha. Mas eu contei, sim.

— O que ela estaria fazendo agora, se estivesse aqui com a gente?

— Baforando no nosso rosto e rindo muito da cara de nojinho que você faz. — Sorrio.

— É verdade. — Fabinho vira de barriga para cima, tirando a mão da boca. — Eu não gosto muito de falar sobre ela... — ele muda o tom.

O comentário me surpreende.

— Sério? Por quê?

— Acho que não falar faz parecer que não aconteceu.

— Já eu acho que falar faz parecer que ela está por perto.

— Será que ela ainda existe? — Ele vira para mim, esquecendo de tapar a boca.

— Claro que sim... Só não é mais presente que esse mau hálito horrível que você está — brinco.

— Você acha que acorda com boca de hortelã, né?

Sorrio e coloco a mão sobre os lábios.

MATCH

Passo em frente à escola de dança e mudo de calçada. No dia seguinte tudo igual, no terceiro também. Preciso de quase uma semana inteira para a coragem aumentar, porque a vontade só diminui.

Nem sei o tipo de dança que é preciso fazer para aprender a dançar. A Júlia não especificou, não sugeriu, não mandou... Fazer aula de dança é tudo o que o garrancho dela ordena.

Entro na Passo a Passo Academia e só consigo dizer que quero me matricular.

— Para qual aula? — a moça pergunta.

— Não sei — respondo. — Nunca dancei, nem sei se quero, e não tenho ideia do que estou fazendo aqui.

— Dança de salão — ela sugere. — Tem vários ritmos e você talvez se encontre num deles. O importante é dançar!

Tanta animação me embrulha as tripas.

— Tem uma turma todas as terças, das três às quatro da tarde. Você pode começar hoje se quiser.

Passo o cartão de crédito que minha mãe me deu, o mesmo que pagou o salto de paraquedas. Mês que vem, quando a fatura chegar, vou ter algumas coisinhas para explicar.

Soltinho. Nunca desconfiei de que isso fosse nome de dança. Tá achando graça, né, Júlia? Soltinho... Sarcasmo do além, direto na minha cara. Pelo menos a aula tem pouca gente. Além de mim, duas mulheres e um homem.

A professora chega, sorrisão na cara, beijinho em cada um, e já sai balançando o quadril até um aparelho de som das antigas. Põe uma música também do século passado, ou talvez de antes de Cristo, e começa um dois três quatro cinco seis sete oito, um dois três quatro cinco seis sete oito, um dois três quatro cinco seis sete oito. Joga uma perna para trás, bate a outra no lugar, dois passos rapidinhos de um lado e depois repete tudo do outro.

E então ouço as palavras que mais temo. Espero um segundo, tentando acreditar que não é verdade, que ela não disse aquilo, e fecho os olhos, porque assim eu ouço pior. Ela repete e é sonoro, não dá mais para fugir.

— Agora vocês!
Um dois três quatro cinco seis sete oito.
Enquanto as pernas de todos vão para um lado, um dois três quatro cinco seis sete oito, lá estou eu no outro. Um dois três quatro cinco seis sete oito. Impossível acertar o pé e a direção que ele deve ir ao mesmo tempo, um dois três quatro cinco seis sete oito. O que é esquerda? Qual a perna direita? Um dois três quatro cinco seis sete oito. Até um giro eu dou, e ele nem existe na coreografia. O pior de tudo é o espelho gigante na sala escancarando para os outros alunos a minha existência patética e me mostrando que eles riem de mim. Não um riso do tipo que tira sarro, mas ainda assim um riso.

O pingo de dignidade que me resta segura as lágrimas dentro dos olhos. Saio da academia e, quando estou a uma distância segura, o restinho de compostura que ainda resistia rola bueiro abaixo com o choro desentalado.

Não volto na terça seguinte. Só na outra semana é que o bolso pesa, mais que a consciência, e resolvo que devo fazer jus ao dinheiro gasto — paguei três meses, porque saía mais barato. Fabinho continua irredutível e não vai mesmo abraçar a ideia de me ter nos braços por quatro horas no mês. Vou ter que fazer isso sozinha.

A professora sentiu minha falta, ela diz, e tem o par ideal para mim.

— Espero que ele venha hoje — comenta.

Tomara que não tomara que não tomara que não.

— Não é toda semana que ele pode vir.

Espero que não venha por favor não venha por favor morra e desapareça.

— Ele veio! — A professora se alegra tanto que talvez entrando por aquela porta esteja a salvação da minha vida. — Toninho!

Será que é ele não pode ser ele impossível ele ser meu par ideal não pode ser ele não deve ser.

— Esta é a garota de quem eu falei.

E o indicador da professora sai da porta onde ele está, passa pelas cadeiras empilhadas no cantinho da sala, pela mulher do cabelo ruivo emaranhado, pelo homem de trinta e poucos anos que eu fiquei sabendo que é ator e quer aprender a dançar para fazer testes para musicais, pela gorduchinha lindinha igualzinha a uma boneca russa e transpõe todo o vazio da sala até me encontrar, minúscula, quase pendurada na janela, me segurando para não me jogar. Afinal dois míseros andares não são nada para quem pulou de doze mil pés de altura — seja lá quanto isso signifique.

— Como é mesmo o seu nome? — ela pergunta.

— Eu? — Como se pudesse restar qualquer dúvida de que aquele dedo apontado seja de fato para mim.

Ela assente e eu falo baixinho:

— Gabriela.

— Como? — pergunta o senhorzinho de cento e trinta anos, voz rouca, fraquinha, quase desaparecendo mais que a minha.

A culpa por ter desejado a morte de um velhinho me toma da unha do dedinho um pouco grande, que me incomoda há dias raspando no tênis, ao fio de cabelo mal preso em um coque despretensioso — para não dizer bagaceiro. Não morra meu par ideal por favor não morra.

— Gabriela — falo mais alto.

— Muito prazer, minha querida. Ouvi muito sobre você.

Sorrio sem mostrar os dentes. Como ele pôde ter ouvido muito sobre mim se eu só estive uma vez nesta escola, e por uma hora? Acho que fiz história como a pessoa mais sem noção que já passou por aqui.

— A senhorita me concede a honra desta dança? — ele pergunta, se aproximando.

Não respondo, viro uma múmia — aliás, sempre fui.

Seu Toninho segura minha mão suada, apesar de gelada, e pede para repetirmos o tal do soltinho.

Começo com a perna errada, claro, e ele ri. Tentamos de novo e eu acerto, mas erro logo em seguida.

— Não olhe para o espelho — ele fala.

— Não?

— Olhe para mim e deixe que eu conduza você.

E é o que faço. Olho para seu Toninho, balançando seu esqueleto pequeno e magro com a desenvoltura do Baryshnikov (andei pesquisando antes de me matricular, embora não tenha visto nada sobre soltinho). Demora um tico até eu conseguir acertar o passo básico, mas acho que a tática do seu Toninho funcionou. Sinto uma alegria besta por conseguir fazer algo tão simples.

— É gostoso, não é?

— O quê, seu Toninho?

— Essa sensação de superação, de fazer alguma coisa que a gente não acreditava que era capaz.

Ô, seu Toninho... Como assim, seu Toninho? O senhor me conhece há vinte minutos... e já me entendeu? No fim talvez seja verdade. Talvez eu tenha encontrado meu par ideal.

E a folhinha ganha uma nova anotação: "Soltinha!"

DE CORAÇÃO

*S*e *apaixonar.*

Mais perigoso que saltar de paraquedas. Muito mais complicado que se deixar levar pelo ritmo da dança de salão. Infinitas vezes mais estúpido que qualquer um dos outros itens da lista da Júlia. Claro que ela não me pouparia disso.

— Você tem medo de gostar de alguém, Gabi.
— Por que você está dizendo isso, Júlia? Eu não tenho medo... Só me apaixonei por alguém que não gosta de mim do mesmo jeito. Acontece com milhares de pessoas.
— Não são milhares de pessoas que sonham em ficar com o amigo gay.
— Mas não tive escolha. Não é uma coisa que dá pra gente controlar.
— Sabe o que eu acho?
— Ai... Lá vem você com as suas teorias.
— Você só se permitiu gostar do Fabinho porque sabe que nunca vai dar certo, porque sabe que ele não vai se apaixonar por você, por-

que esse relacionamento nunca vai existir e porque, como existe zero probabilidade de vocês se envolverem, existe zero probabilidade de você se machucar.

— Sua teoria é muito furada.

— Claro que não. É brilhante!

— Não faz sentido, Júlia. Na sua cabecinha maluca, eu evito me apaixonar pra não sofrer. Mas querer um amor impossível é tão ou mais difícil que quebrar a cara por um relacionamento que não deu certo.

— Isso até poderia ser verdade, se você realmente fosse apaixonada pelo Fabinho.

— *Se?*

— Você não é.

— Ah, não?

— Óbvio que não. Você é apaixonada pela fantasia de se apaixonar por alguém que acredita ser perfeito e que não vai te magoar. Mas eu vou fazer uma revelação que vai mudar a sua vida: não existe ninguém perfeito pra ninguém, e, quanto mais você evitar se apaixonar, mais vai perder coisas incríveis na vida. E as frustrações e as decepções vão surgir de qualquer maneira. Se não for por causa de outra pessoa, vai ser por causa da ausência de outra pessoa.

— Você acha que não dá pra ser feliz sozinha?

— Não o tempo todo. Em algum momento você não vai mais ser suficiente para você. Talvez eu não acredite num único amor pra vida toda, mas acredito em vários amores numa única vida.

— Obrigada por me avisar.

— Você ainda vai me agradecer de verdade e de coração.

A Júlia tinha essa mania insuportável de estar sempre certa. Às vezes eu esquecia que ela só tinha dezessete anos, e às vezes nem parecia que ela já tinha dezessete anos.

Com a certeza de que vou empacar no terceiro item da lista, o que está no envelope vermelho, decido deixá-lo um pouco de lado e tentar arranjar algo para fazer, apesar de não ter muitas ideias de como ocupar meu tempo. Ainda estou perdida sem minha amiga por perto. Era com ela que eu fazia tudo, era com ela que eu fazia nada.

A Júlia e eu nos conhecíamos nem sei desde quando. A sensação é de que ela sempre fez parte da minha vida. Éramos vizinhas quando crianças, de casas coladas. E me lembro de vivermos literalmente pulando de uma para a outra. Logo cedo, ela saltava o muro baixo que separava nossos quintais e vinha tomar café da manhã comigo. A mesma coisa quase todo dia. À noite era eu quem costumava caminhar, um pé na frente do outro, braços de equilibrista, de ponta a ponta em cima da mureta antes de pular para o lado de lá e filar a janta da tia Lili, tantas vezes melhor que a da minha mãe. Passávamos o dia brincando e estudando juntas. Aliás, a união dessas duas coisas resultava na nossa maior diversão: brincar de escolinha. A Júlia quase sempre era a professora, e eu, a aluna estudiosa. De vez em quando eu arriscava fingir que era travessa só para sair da monotonia. Também errava de propósito os exercícios para que ela pudesse me corrigir. Sempre fomos muito fechadas na nossa amizade, ela e eu. Deixávamos poucas crianças se aproximarem e fazerem parte do nosso mundinho. Éramos más. A Laura era nossa principal vítima. Ela queria brincar com a gente de qualquer jeito, mas só de vez em quando permitíamos. Várias vezes ela ficava do outro lado da calçada, sentadinha na guia, espiando a Júlia e eu construirmos nosso castelo imaginário, com nossos poderes mágicos e enormes asas brancas, e sobrevoarmos a rua como se fosse um planeta à espera de ser salvo pelas duas deusas predestinadas a heroínas de todas as galáxias. De certa forma, achávamos que a Laura não estava à nossa altura. Não era nada pessoal, Laura. A verdade é que ninguém era o bastante para nós. Sempre foi assim. Júlia e Gabriela acima do mundo. Tivemos a sorte de crescer numa rua sem saída, num bairro que tinha (ou tem) um jeitinho familiar em São Paulo. Hoje ainda moro no

Alto da Lapa, mas em um apartamento, em um condomínio com porteiro vinte e quatro horas e câmeras de segurança até debaixo da terra.

Quando éramos pequenas, não estudávamos no mesmo lugar. A Júlia ia para uma escola perto de onde a avó morava, enquanto eu estudava em outra, do ladinho de casa. Só no fundamental II é que passamos a frequentar o mesmo colégio. Se já éramos inseparáveis, nos tornamos insuportavelmente grudadas.

Na minha lembrança, brigamos apenas uma vez. Uma vez de verdade, porque discutíamos quase todos os dias. Foi por culpa de um menino. A gente estava no nono ano e o Alan era novo no Colégio Parque Delta. Uma coisinha! Acho que era ainda mais bonito do que me lembro. Eu me interessei por ele, como todas as meninas e muitos meninos da escola. Não dá para dizer que estava apaixonada, porque paixão mesmo só pelo Fabinho — mas isso foi no ano seguinte, quando ele entrou no Delta. Guardei segredo, até da Júlia.

Um dia — e que dia! — a Nenê, que sentava do meu lado, me passou um bilhete. Ela tinha recebido do Zeca, que ficava atrás dela, que havia pegado do Matheus, que ganhou da Thaís, que recebeu do Antônio, melhor amigo do Alan. O pedacinho de papel rasgado trazia uma letra difícil de compreender. Foi preciso alguma persistência para desvendar o recado por trás daquele garrancho que faria chorar qualquer professora de português. Após espremer os olhos para enxergar melhor, decifrei a cartinha: "Quero te encontrar depois da aula, no laboratório de química (o antigo, não confunde!!!). Bjo do Alan". Meu estômago queimou de tão gelado. Meus pulmões pararam de funcionar. Meu sangue esqueceu de correr pelo corpo. Teto preto teto preto teto preto. E gradativamente a luz do mundo foi se apagando. Todos sabiam o que significava um convite para o antigo laboratório de química. Era o meu dia de me dar bem.

Deitei a cabeça na carteira, de olhos fechados, esperei a pressão subir e a visão voltar ao normal. Chequei umas três vezes a assinatura no papel para ter certeza de que se tratava mesmo do Alan.

Meu grande erro foi não ter contado para a Júlia. Ela não havia me falado do interesse pelo Alan, mas eu desconfiava. E tenho certeza de que ela também sabia que eu tinha uma queda por ele. Acho que por isso nunca dissemos nada uma para a outra. Contar significaria pôr fim à possibilidade de quem sabe um dia talvez com sorte ficar com ele. Tanto para mim quanto para ela. Enquanto tudo estava no campo do "se", não tínhamos com que nos preocupar. Mas naquele dia, sem que eu esperasse, chegou até minhas mãos a mensagem que eu tanto queria receber. E à moda antiga, num bilhetinho, o que deixava tudo mais romântico.

Acompanhei o relógio marcar cada segundo até alcançar meio-dia e quarenta e cinco. Saí da classe debaixo dos olhares curiosos dos meus colegas. Nem ouvi a fome que já vinha gritando fazia mais de hora. Caminhei pelo corredor torcendo para não encontrar minha amiga. Respirava um pouco mais forte a cada degrau que descia. Contornei o prédio das salas de aula, parei um instante, estiquei o braço direito e descansei a cabeça sobre ele. Estava ofegante sem estar cansada. Senti vergonha pelo drama todo e segui em frente.

O antigo laboratório de química fica num prédio separado, como se fosse uma edícula perdida no fim do terreno da escola. Dizem que desistiram de usá-lo porque era longe para os alunos, especialmente ruim nos dias de chuva. Mas todo mundo sabe que é porque muita gente se dispersava no caminho e acabava cabulando aula.

Continuei andando, um passo por vez, ensaiando mentalmente um discurso cheio de elogios e surpresa. *Não acredito, nunca imaginei, estou até um pouco envergonhada. Claro, claro que estou feliz, só não esperava. Faz tempo que eu tenho vontade de te conhecer melhor, só que tem tantas meninas... Quer dizer, um monte de garota é a fim de você, e não me passava pela cabeça que me escolheria...*

Não, não. Isso seria me colocar para baixo demais e deixar o Alan numa posição de superioridade. Jamais! Melhor seria dizer que fiquei feliz por receber o bilhete. *Para falar a verdade, eu não achava que você estivesse interessado em mim, Alan. Você nunca demonstrou nada. Pelo menos eu nunca tinha percebido. Confesso que estou um pouco nervosa.*

Para! Nunca, nunca, nunca mostre vulnerabilidade para um garoto, Gabriela. Você pode estar em pânico, e o pânico pode até fazer sentido, mas tem que parecer que está tudo bem, na maior tranquilidade. Se não é capaz de se sentir segura, finja e todo mundo vai acreditar — isso foi a Júlia quem me disse uma vez. Eu precisava fazer de conta que a situação era natural para mim, uma coisa corriqueira, básica, bobagem. Para parar de pensar, cantarolei uma música inventada na hora, sem sentido, e tudo bem, porque me ajudou a chegar à porta da edícula quase abandonada.

Entrei, o Alan virou para mim, e juro que o cabelo dele voou como na imagem em câmera lenta de um comercial de xampu, como se o vento tivesse soprado só para me mostrar quanto ele era lindo. Sim, o menino mais gato que eu já tinha visto estava na minha frente, querendo ficar comigo. E o sorriso que me deu era a comprovação de que eu estava fazendo a coisa certa. Apesar da Júlia. Ele chegou perto, segurou minha mão e, sem dizer nada, me beijou. Eu me atrapalhei um pouco no começo, mas depois a coisa andou. Mal conseguia acreditar que aquilo estava acontecendo comigo.

Talvez minha memória esteja supervalorizando o momento para que eu me sinta menos culpada. Aliás, depois que a Júlia morreu, eu tenho sentido bastante culpa. Por coisas que fiz e ela não gostou e por coisas que não fiz e ela gostaria.

O pior de tudo não foi ter ficado com o Alan. Foi ter deixado que a minha melhor amiga soubesse por outras pessoas. No mesmo dia, à tarde, ela me ligou chorando. Não tentei me justificar, não aleguei ignorar que ela gostava dele, não falei que tinha o mesmo direito de ficar com o Alan, não falei que aquele tinha sido um dos dias mais emocionantes da minha vida, não gritei que eu estaria feliz se fosse com ela, não pedi que se colocasse no meu lugar. Apenas escutei e, no fim, me desculpei. Depois de mais de uma semana sem olhar na minha cara, um dia ela acordou decidida a deixar para lá. E a vida seguiu como se o Alan nunca tivesse existido, como se eu nunca tivesse dado meu primeiro beijo, como se aquilo não tivesse me tornado um pouquinho mais especial.

Rabisquei com canetinha preta a marca de batom vermelho que, poucos dias antes, eu havia deixado na folhinha da geladeira.

TERAPIA EM GRUPO

Com a morte da Júlia, Fabinho e eu nos aproximamos ainda mais. O engraçado é que, de certa forma, ainda formamos um trio. Dizem que quem perde um braço ou uma perna continua sentindo o membro. É um pouco assim com a Júlia. A presença dela ainda é forte. Ela está aqui apesar de não.

Uma das coisas que mais me incomodam nisso tudo é o jeito como as pessoas passaram a enxergar a mim e ao Fabinho. Elas sentem dó, e a gente, raiva.

— Por favor, me chamem de piranha, mas não me chamem de coitado — Fabinho brinca. Uma brincadeira com fundo de razão. Quanto a mim, lógico que meu histórico não contribui muito para essa máxima. E a balança da minha vida pende sempre para o lado da coitadinha. E boazinha, fofinha, bonitinha, queridinha e todos os diminutivos amigáveis e insossos que podem ser atribuídos a um ser humaninho que tanto faz.

Combinei com Fabinho que passaríamos sorrindo e sorrindo e sorrindo e emanando bons-dias para todos da escola, mostrando que somos fortes. Ou fingindo, no meu caso. Mas parece que o universo conspira contra a nossa pseudoalegria. Se não todo ele, alguns professores do terceiro ano certamente. Tive certeza disso quando o tema escolhido para a redação de filosofia que valia a nota do bimestre foi... tchã-rã... luto! Claro que por causa da Júlia. Já imagino nossos queridos mestres na reunião dos professores dizendo que seria importante falar sobre o assunto, para que os alunos pudessem colocar para fora sentimentos mal resolvidos. Para que aprendessem a lidar com uma questão tão complexa. E eles não podiam fazer de conta que nada tinha acontecido. Afinal a Júlia era uma das garotas mais populares do Delta. Mas por que agora? Quatro meses depois? Por que não fizeram a gente escrever sobre isso na semana em que ela morreu? Acho que naquele momento me traria alívio. Mas agora, quando as coisas estão começando a amenizar, querem me levar de volta para o lugar mais horrível em que já estive. Não é justo.

Temos até o fim de setembro para entregar a redação. Considerando que já veio uma bomba dessas logo no primeiro mês pós-férias, não quero nem imaginar o que ainda pode acontecer até dezembro. O Fabinho e eu não estamos na mesma classe, e ele ainda não sabia sobre o trabalho de filosofia. Quando conto, ele quase tem uma síncope. Acha um absurdo, uma falta de respeito por parte dos professores. Diz que não vai escrever a tal redação e que pretende fazer um escândalo se alguém o obrigar.

— Me recuso a fazer terapia em grupo com esse bando de idiotas da escola.

Faço sinal para que ele baixe o tom, afinal estamos no meio do pátio cheio desses idiotas, que podem nos ouvir.

Acho que o Fabinho está realmente mais incomodado que eu com o trabalho, e também acho que ele tem o direito de se negar a escrever sobre o assunto. Talvez eu não faça a redação, não sei... Ainda tenho tempo para pensar.

UMA CANÇÃO QUALQUER

É dia de dançar. Torço para encontrar seu Toninho. Gostei mesmo daquele senhor, e só ele vai ser capaz de me ajudar a cumprir a missão que a Júlia me deixou. Belo legado, Júlia Moreira!

O ritmo do dia é rockabilly. Seu Toninho mal chega e já vem dando um beijo na minha mão, como o cavalheiro de antigamente que é. Os meninos não fazem mais isso. Se fizessem talvez eu achasse brega, mas vindo do seu Toninho considero um encanto.

Um, leva o pé direito para trás e solta um pouco o quadril. Dois, joga o peso no pé esquerdo. Três, marca o tempo com a ponta do pé direito, levando-o à frente, sem apoiá-lo no chão. Quatro, apoia o pé direito. Cinco, marca o tempo com a ponta do pé esquerdo, sem apoiá-lo. Seis, coloca o pé esquerdo no chão.

O quê??? Socorroooo, seu Toninho!

— É fichinha — ele diz.

E de repente lá estou eu sacolejando o quadril de um lado para o outro — como diz seu Toninho — e deixando que a batida me leve — como também ele fala. E que gostoso!

— Levanta a cabeça — seu Toninho manda.

— Mas eu tenho que olhar para os meus pés, senão vou fazer tudo errado.

— Se olhar para os seus pés é que vai fazer tudo errado.

— Mas, seu Toninho...

— *Shhhh*! — Ele coloca o indicador mirrado e enrugado sobre os lábios, mandando eu me calar. E depois sorri. Nesse momento, começo a observar o rosto do seu Toninho, seus olhos pretos emoldurados por rugas já fundas. Elas também estão impressas na testa e ao redor da boca aberta mostrando os dentes, que não devem mais ser dele. Gostaria de conhecê-lo melhor. Será que existe uma "senhora seu Toninho"? Será que ele é viúvo? Sozinho? Pior, solitário? Fico sempre tão imersa na minha própria tragédia que esqueço de pensar na vida dos outros. Seu Toninho parece feliz. Deve ter sido um homem bonito. Dá para ver que foi. Ainda é, eu acho.

— Eu não disse? Você está dançando bem melhor sem olhar para os pés.

A verdade é que eu esqueço completamente que estou dançando.

— Será que o segredo para fazer alguma coisa bem feita é não lembrar que estamos fazendo aquela coisa? — penso, sem querer, em voz alta.

— Imagino que isso funcione para as coisas artísticas, que envolvam emoção — seu Toninho responde. — Talvez não seja bom um engenheiro civil esquecer que está projetando um prédio enquanto faz isso.

— Ou um médico esquecer que está fazendo uma cirurgia enquanto opera um paciente.

— Ou um bombeiro esquecer que está apagando um incêndio.

— Ou... — Não consigo me lembrar de nenhuma outra profissão para continuar a brincadeira.

— Mas um ator deve esquecer que está atuando para convencer o público — seu Toninho, gentil, trata de me ajudar.

— Talvez um músico também deva esquecer que está lendo uma partitura.

— Sim. E um escritor precisa mergulhar na história para que ela seja verossímil.

— *Shhhh*. — Agora é a professora que chama a nossa atenção.

— Nunca imaginei que tomaria bronca de professor a esta altura da vida — seu Toninho ri. E eu também.

Caminho pela rua — saltitante, confesso — quando seu Toninho passa por mim. Ele encosta o carro azul-escuro, modelo antigo, clássico, nem sei qual, baixa o vidro e oferece carona. Curioso um senhor da idade dele ainda dirigir.

— Obrigada, seu Toninho. Vou andando.

— Vem, Gabriela. Fique tranquila que eu não vou deixar você me paquerar. Tenho idade pra ser seu avô.

— Nem tinha percebido — brinco.

— Você mora aqui perto?

— Moro, sim.

— Entre. Eu deixo você em casa.

Aceito. Por dentro, o carro é diferente do que eu imaginava. Bagunçado, cheio de papéis jogados pelo chão, aqueles panfletos que as pessoas distribuem nos semáforos, geralmente lançamentos imobiliários para vender em vários bairros da cidade.

— A minha esposa deixa tudo desorganizado — ele diz, quando percebe que eu observo.

Então existe uma "senhora seu Toninho".

— Por que ela não faz aula de dança com o senhor?

— Ela diz que estamos velhos para isso. Mas eu não acho. Não tem idade para dançar, para ser feliz.

— Eu concordo.

— Já tentei convencê-la algumas vezes de ir às aulas comigo, mas ela sempre nega. Eu queria que a gente dançasse nas nossas bodas de diamante. Não é todo dia que se comemoram sessenta anos de casados.

— Uau!

— Mas ela não sabe dançar. Eu também não dançava quando era jovem. Comecei a fazer aula há um ano.

— Mentira! O senhor dança como quem dançou a vida inteira.

— Acho que nunca é tarde para descobrir um talento.

Dirigir certamente não é um dos talentos do seu Toninho. Ele vai devagar, muito devagar, bem devagarinho, e nem se importa com as buzinadas que toma no caminho. Mas é tão lento que quase estou pedindo para assumir a direção, eu que nem sei como fazer isso.

— Eu também moro aqui pertinho. Qualquer dia, quando você quiser, te levo na minha casa para conhecer a minha mulher. Quem sabe você consegue convencer a Mirtes a ir pra aula com a gente?

— E correr o risco de perder o meu novo parceiro de dança? Jamais!

Difícil não me entregar ao riso com a gargalhada que o seu Toninho solta. Mas logo minha expressão muda. Basta ele tocar no assunto que prefiro evitar.

— E você não me contou por que resolveu fazer aula de dança de salão. Não me parece comum para uma garota da sua idade.

— Ai, seu Toninho... É um assunto difícil pra mim.

— Desculpe, eu não quis ser rude.

— Imagina... O senhor nunca é rude, muito pelo contrário. É que é um assunto muito triste.

— Esqueça que eu perguntei. Vamos voltar aonde estávamos.

— Não, tudo bem. Eu conto para o senhor. É que uma amiga minha teve a ideia besta de anotar uma lista de coisas que uma deveria fazer caso a outra... se a outra morresse. E eu concordei com essa idiotice porque nunca... — Minha voz está embargada.

— Nunca imaginou que poderia acontecer.

Concordo. E começo a chorar.

— Sinto muito, Gabriela. Sinto tanto.

Ele pega um lenço no bolso da camisa azul, que continua bem passada mesmo depois do rockabilly, e estende para mim.

— E pelo jeito a sua amiga não considerava você uma boa dançarina — seu Toninho continua.

— A pior do mundo. — Esboço um sorriso.

— Já deu para perceber que ela era bem esperta — seu Toninho ri.

— Muito.

— Veja, querida, dizem que conforme a gente vai ficando mais velho vai compreendendo e aceitando melhor as coisas. Isso é uma grande baboseira. Eu não entendo e não aceito a morte do alto dos meus setenta e oito anos. E olha que ela já deve estar me perseguindo há um tempo. A diferença é que, quando a gente fica velho, se sente na obrigação de fingir que entende e que aceita, porque é isso que as pessoas esperam de nós. Eu me desespero só de pensar na possibilidade de a Mirtes partir antes de mim. A morte nunca é justa e sempre chega cedo demais, não importa a idade em que a gente se encontre com ela.

— É verdade, seu Toninho. É muito injusto.

— Ela estava doente? Você se importa de eu perguntar? Desculpe se estou me intrometendo...

— Foi um acidente de carro. Um acidente estúpido que acabou com a vida da família inteira. Quer dizer, só a Júlia morreu, mas o pai dela estava dirigindo. Então ele se sentiu responsável e começou a beber. A mãe dela está completamente deprimida porque perdeu a filha e o marido de uma só vez. E o Matheus, irmão da Júlia, está praticamente tendo que cuidar de todo mundo, com vinte e dois anos de idade.

— Que tragédia.

— Nem me fale. Nunca mais tive coragem de visitar a família. Eu ia todo dia na casa da Júlia, mas desde o enterro não vejo nenhum deles.

— Você devia ir visitar. Não acha que já perderam pessoas demais?

— E dizer o quê, seu Toninho? E agir como?

— Não precisa falar nada. Basta se fazer presente. Eles precisam saber que você não foi embora com a filha deles.

De repente começo a me sentir muito desconfortável. E seu Toninho vai tão, mas tão sem pressa que parece que não vamos chegar nunca.

— Será que podemos mudar de assunto? — peço.

— Claro que sim.

Não conversamos mais nada. E a música que toca no rádio toma conta do carro. Não sei dizer que canção é.

DE BRAÇOS ABERTOS

Coisa mais hippie. E que vergonha! Sair no meio da Paulista com um cartaz escrito "Me dá um abraço?". Como o terceiro item da lista não dava para cumprir de uma hora para outra, afinal se apaixonar dá trabalho, decidi pela primeira vez na vida burlar uma regra. Eu me senti rebelde (e culpada) enquanto abria o quarto envelope, de cor amarela. E me arrependi tanto, mas tanto, mas tanto. Devia era ter parado no terceiro e só ler a outra carta quando me apaixonasse por alguém — e torcer com todas as forças para que esse dia nunca chegasse. Júlia, sua ridícula ridícula ridícula e mil vezes ridícula. E tinha que ser num domingo, quando a avenida está fechada para carros e lotada de gente. Falta só a bolinha vermelha no nariz para completar o show. Eu sei que muitas pessoas usam cartazes doando abraços, vi vários vídeos no YouTube. Mas a questão que não está na internet: Será que elas sobreviveram a isso?

Chego cedo e me sento embaixo do MASP. Fico ali por um tempo, escondidinha, tapando o cartaz com os braços, torcendo para o tempo passar rápido e eu, despercebida. Pensei em chamar o Fabinho para me acompanhar. Desisti. Melhor suportar esse dia embaraçoso sem testemunhas. Já cogitei a ideia de que a Júlia sabia que ia morrer antes de mim, por isso fez uma lista tão sacana. Também já imaginei como seria a vida dela se eu tivesse morrido antes, no seu lugar. Menos constrangedora, certamente. Será que ela sentiria esse buraco infinito dentro do estômago? Será que ela olharia para esse monte de gente passando pra lá e pra cá num domingo lindo de sol e não sentiria nada? Ou talvez um pouco de inveja e um tantão de raiva pela felicidade do mundo? Por que todos parecem alegres quando a nossa vida está triste? Acho que a Júlia se sairia melhor que eu. Acho até que ela adoraria mesmo distribuir abraços a desconhecidos. Mas claro que isso jamais aconteceria, porque eu jamais teria pensado nisso para colocar na minha lista sem graça. Por falar nisso, acabo de me lembrar de mais um desejo meu para ela: "Ler um livro que jamais imaginou que leria". *Afff!*

Meu plano de permanecer camuflada de estátua na mureta do museu não dura muito tempo. Uma mulher senta ao meu lado.

— Acho legal você pedir abraços.

— Acha? — pergunto.

— Ãhã.

— Eu não.

— Então por que você está fazendo isso?

— Longa história — falo, querendo cortar o assunto sem parecer grossa, embora tenha sido um pouco.

— Acho corajoso.

O assunto acaba e ficamos eu e a desconhecida uma ao lado da outra, as duas olhando para o nada e ambas caladas. Não sei se devo puxar assunto, não quero puxar assunto e detesto a mania que as pessoas têm de querer ser simpáticas. Não tenho vontade de ser agradável, então permaneço na minha, contando os segundos. Literalmente. E estou no cento e vinte e seis quando ela pergunta:

— Posso?

— O quê?

— Dar um abraço em você.

— Ah, claro!

Levanto sem muito entusiasmo, deixo o cartaz sobre a mureta e estendo os braços. Ela levanta e me abraça. E abraça forte. E coloca o rosto sobre meu ombro. E chora. E soluça de tanto chorar. E eu entro em pânico. Não tenho a menor ideia do que fazer. Quase que num reflexo, começo a dar tapinhas nas costas da mulher, enquanto ouço, afogados em suspiros, pedidos de desculpa.

— Tudo bem, tudo bem, não precisa se preocupar, tudo bem — repito.

A mulher vai embora e eu fico. Arrependida por não ter perguntado o que tinha acontecido, se havia algo que eu poderia fazer por ela, por que ela chorava tanto. E me sento outra vez na mureta.

Fracassada. É assim que me sinto por ficar parada, esperando não sei o quê. Se não vou me entregar à ideia estúpida da Júlia, melhor ir para casa. Levanto outra vez e sigo na direção de um latão de lixo. Dobro o cartaz e decido jogá-lo quando vem a tal culpa. Sempre ela. Que me domina toda vez que penso em desistir de alguma coisa que a Júlia desejou para mim. Se ela queria que eu distribuísse abraços para quem quisesse recebê-los, se esse era o plano, devo levá-lo adiante. Por menos sentido que faça para mim.

Dane-se!

Vou para o meio da rua, caminhando e segurando o cartaz sobre o peito. Algumas pessoas me olham e riem, várias cutucam quem está ao lado e riem, outras ensaiam uma aproximação, desistem e riem. Uma senhora vestida de atleta, com corpo de uma senhora atleta e pique de uma atleta já senhora, foca em mim e, sem desviar o olhar ou diminuir o sorriso, caminha quase meio quarteirão com os braços abertos. E me abraça com gosto e sorrindo. "Dá aqui um abraço, menina linda!" Ela cheira tão bem que nem me importo com um pouco do suor que deixa em mim. Diferente do homem que vem logo em seguida. Ah, coitado. Pena que não existe um jeito delicado de dizer que estou com vontade de vomitar. Abrevio o abraço e quase nem deixo que ele me toque. Mas valeu. E então eu entendo que brasileiro gosta mesmo de uma fila. Basta juntar três pessoas para que, de repente, um grupo se aglomere em volta de mim. Fico até tonta com mãos vindo de todos os lados e risos altos. E surge de baixo o bracinho tiquitinho de um garotinho. Pergunto e ele se chama Tomás e tem três anos. E me fala que também quer pedir abraços. Dou meu cartaz para ele e viro espectadora da coisa mais fofa que vi na vida. Por dois minutos — tempo que leva para que Tomás comece a ficar apavorado com tantas pessoas desconhecidas o tocando. E a mãe vem rindo e dizendo tudo bem, está tudo bem, filhinho, calma que a mamãe está aqui. E Tomás vai para o colo dela soluçando e esfregando os olhinhos castanhos. A pequena multidão (exagero, talvez umas sete pessoas) se dispersa e eu volto à minha caminhada, empunhando meu cartaz, que grita por atenção.

Meu semblante já é outro. Nem sei por que estou sorrindo, mas existe um sorriso no meu rosto. Quem não me conhece até arrisca me chamar de simpática — como acontece com uma menina de cabelo azul, mais ou menos da minha idade, que vem conversar comigo.

— Como é o seu nome? — é a primeira coisa que ela quer saber.
— Gabriela. E o seu?
— Alice. Faz tempo que você está aqui pedindo abraços?
— Não sei. Que horas são?
— Onze e vinte.

Fazia uma hora e dez que eu estava na Paulista, sendo que por mais de quarenta minutos fiquei sentada no MASP. Ou seja, haviam se passado apenas trinta minutos da hora em que fui catapultada pela culpa para o meio da rua. Fazia só trinta minutos que eu estava tendo contato físico com estranhos, mas, não sei por que exatamente, eu minto:

— Faz um tempão. Cheguei aqui bem cedinho.
— Tem ideia de quantos abraços já deu?
— Nossa! Não. Foram muitos. — Mentira de novo.
— Que engraçado.
— Pois é...
— Como você teve essa ideia? — Alice é uma menina curiosa, sem dúvida.

— Ah, sei lá... São Paulo é uma cidade em que todo mundo está sempre correndo, estressado, abduzido pelo celular. — É impressionante como uma mentira leva a outra. — Achei que seria legal descontrair um pouco, fazer as pessoas pararem um minuto pra ver que a vida é mais que a internet, que é importante trocar contato visual com os outros, e até físico, né? E também, sei lá... Ganhar um abraço pode mudar o dia da gente.

— Demais, Gabriela! Eu queria ter a sua coragem.

E outra vez sou chamada de corajosa. Talvez eu passe a acreditar, porque tenho mesmo feito coisas que precisam dessa tal aí. De toda forma, é engraçado ouvir que sou corajosa de uma garota que pinta o cabelo de azul. Só acho estranho me abordar, fazer tantas perguntas e não me pedir um abraço.

Bom, pelo desejo da Júlia, eu tenho que passar o dia todo por aqui. Isso significa que ainda devo ficar por mais... o dia todo. Ok, porque está ficando legal. Bem legal, admito. Conheço um monte de gente bacana. Uma viúva fofa que não tem filhos e precisa de um chamego para se manter sã, ela diz. Um homem simpático que deve ter viajado no tempo e chegado direto da década de 70 especialmente para me dar um abraço. Um grupo de três meninas histéricas de uns vinte e poucos anos que soltam gritinhos quase com a mesma frequência com que respiram. Várias pessoas que não me marcam e de quem não vou me recordar, certeza. A maioria, na verdade.

Estou ficando cansada, olho no celular e ainda não são nem quatro da tarde. O que será que a Júlia quis dizer com "o dia todo" quando escreveu esse desejo? Será que eu posso considerar das dez da manhã às três e meia da tarde o dia todo? Acho que não.

Decido comer um lanche, já que ainda não almocei, para ganhar tempo e cumprir o que entendo como "o dia todo". Saio da lanchonete com mais um pouco de gás para distribuir novos abraços. Empunho meu cartaz e rapidinho já tenho novos "clientes". Está quase escurecendo quando um garoto bonito vem na minha direção. Ele não diz nada, nem um sorriso, só um olhar. E, claro, o abraço. O melhor do dia, com cheiro de tangerina.

Decido fazer desse o meu *grand finale*. Vou até uma lixeira, dobro o cartaz, mas desisto de jogá-lo fora. Tomo o ônibus de volta para casa. Está um pouco frio e coloco a mão direita no bolso da jaqueta. Sinto que tem um papelzinho ali dentro, pego e leio o nome Lucas Garcês e um número de telefone. Imediatamente anoto no meu celular, mas a foto do WhatsApp é uma onda quebrando. Digito uma mensagem. Apago. Chego em casa, vou direto para a cozinha e a folhinha ganha mais uma anotação: "Me sentindo acolhida".

OI, TUDO BEM?

Vir para a escola se tornou um martírio. Eu odeio cada segundo que passo aqui. Mal consigo prestar atenção nas aulas, o que é péssimo, afinal em poucos meses tenho que fazer as provas do Enem e do vestibular. Sei que meus pais nem esperam que eu entre em uma universidade pública este ano, ainda mais depois de tudo o que aconteceu. Mas a cobrança é minha. Se eu não tiver a faculdade no ano que vem, o que vou ter? É muito mais que a escolha da minha profissão. A faculdade é a possibilidade de resgatar minha vida, de conseguir preencher meus dias vazios. Mas, para chegar à universidade, primeiro tenho que terminar o colégio. É nisso que me apego para suportar minhas manhãs.

Depois da aula, vou almoçar na casa do Fabinho. A gente decidiu estudar história junto. Nem passamos do primeiro capítulo, porque, assim que conto sobre o Lucas, ele larga o livro e vai procurar alguma informação na internet.

— Eu já fiz isso. Não adianta. Nenhum desses meninos me lembra alguém que eu tenha visto na Paulista.

— Olha esse gato! — Ele mostra um perfil de um garoto.

— Esse não é o meu Lucas.

Não acredito que já tomei posse de alguém que nem conheço. Vergonha. E o Fabinho jamais deixaria isso passar despercebido.

— O *seu* Lucas? Ai, que graça...

— Foi modo de dizer, Fabinho. Deixa de ser besta.

— Se esse não é o seu, pode ser o *meu*. Gaydar, bi, gaydar. Ih, olha! Ele é de São Paulo.

— Pede pra ser amigo dele, ué.

— Tá louca, menina? Só porque eu achei ele um gato não quer dizer que já vou sair dando em cima dele assim. O boy vai me achar um stalker, sei lá...

— Pra cima de mim, Fabinho? Vai fazer tipo de bom moço pra quem não te conhece.

— Bitch! Vou seguir logo de uma vez.

— Gente, você está tão gay. Fico aqui tentando lembrar em que momento você virou essa menina.

— Vadia. Por que não escreve logo pro boy?

— Será?

— O que você tem a perder?

— Hum... A vida? Um rim, na melhor das hipóteses?

— A virgindade?

— Para, Fabinho. Vai que o cara é um doidão, tarado, maníaco... Tenho medo.

— Amiga, ninguém está falando pra você ir se encontrar com ele de cara. Mas não custa escrever e ver qual é a dele. Além disso, dá pra viver com um rim só.

— Palhaço.

Pego o celular. Digito: "Oi, tudo bem? Eu sou a Gabriela, a garota do abraço". Ridícula! Apago. Digito de novo: "Oi, tudo bem? Encontrei um bilhete na minha jaqueta com esse telefone. Quem é você?" Apago. "Você deixou um bilhete na minha jaqueta uns dias atrás." Apago. "Oi, Lucas. É a Gabriela, daquele dia na Paulista. Achei um bilhete com o seu número, aí decidi te escrever." Apago. Tudo com o cabeção do Fabinho pendurado no meu ombro.

— Sai daí. Você está me atrapalhando, Fabinho.

— Por que você não é um pouco mais espontânea, Gabi? Pra fazer tudo tem que pensar novecentas vezes.

— Porque eu não sou a Júlia e nunca vou ser!

Saio do quarto do Fabinho, bato a porta, atravesso o corredor, passo pela sala, entro no elevador e vou embora.

A GAROTA DO ABRAÇO

Passo a tarde inteira pensando no que o Fabinho disse. Eu preciso ser mais espontânea, preciso me arriscar mais e parar de ter medo de tudo. Ele está certo. O que eu tenho a perder? Pego o celular e mando uma mensagem.

> Eu: Oi... eu acho.
> Lucas: Oi... eu tenho certeza. Achei que você não ia escrever.
> Eu: Você sabe quem eu sou?
> Lucas: Já tive você nos meus braços. Impossível esquecer.
> Eu: Lógico... A foto no WhatsApp.
> Lucas: E você sabe quem eu sou?

O menino sério, do olhar direto, do cheiro de tangerina, dos lábios grossos, do cabelo escuro e bagunçado, do abraço, do melhor abraço, do abraço que eu queria de novo para mim.

> Eu: Imagino.
> Lucas: Saciou sua carência naquele dia?
> Eu: Saciou e carência na mesma frase? Quantos anos você tem? 30?

Lucas: kkkk. Não tenho culpa de ser culto demais para um cara de 18 anos. De onde você tirou a ideia maluca de pedir abraço no meio da rua?
Eu: Longa história.
Lucas: Tenho tempo.
Eu: E eu, preguiça.
Lucas: kkkk
Eu: É um dos meus defeitos.
Lucas: Eu nunca tenho preguiça.
Eu: Sério? Que inveja.
Lucas: Mentira. Mas eu nunca minto.
Eu: Está mentindo agora.
Lucas: Não. Tô falando a verdade. Eu nunca minto. Mas tenho preguiça de vez em quando.
Eu: Você sempre vai na Paulista?

Quero conseguir mais informações sobre o Lucas. Que ele é gato e tem dezoito anos eu já sei, mas preciso de mais.

Lucas: De vez em quando.
Eu: Vi que a sua foto aqui é de uma onda. Por que não usa uma foto sua?
Lucas: Pra evitar assédio... rs.
Eu: Que metido!
Lucas: Eu gosto de praia. Me sinto vivo quando estou no mar.
Eu: Que profundo!
Lucas: Geralmente não dá pé mesmo... ;P
Eu: Surfa?
Lucas: E mergulho.
Eu: Legal!
Lucas: E você?
Eu: Durmo.
Lucas: Dorme? Na areia? Na sua cama? No sofá vendo TV?

Eu: Em todos os lugareZZZZZ...
Lucas: Boa noite pra você também.
Eu: Pera... Tô aqui.
Lucas: Hum... Senti um medinho de que eu tivesse ido embora.
Eu: Claro que não... Só não quis parecer mal-educada.
Lucas: Uma pessoa que distribui abraços por aí não pode nunca ser chamada de mal-educada.
Eu: Você que pensa. Fui obrigada a fazer aquilo.
Lucas: Por quem?
Eu: Preguiça, lembra?
Lucas: Valeu a tentativa.
Eu: Bom, Lucas. Preciso dormir agora. Amanhã tenho aula cedo.
Lucas: Tá bom. Eu ia te mandar um beijo, mas acho que talvez você goste mais de um abraço. Então, abraço!
Eu: Abraço pra você também.

UMA VIDA EM UMA HORA

Desde a última aula de dança eu estava apreensiva por encontrar o seu Toninho. Não queria contar que ainda não procurei os pais da Júlia. Falta coragem, seu Toninho! E aí está outra vez a palavra que vem permeando a minha vida no momento. Mas, um verdadeiro gentleman, ele nem toca no assunto. Sabe que falar sobre a morte da Júlia e sobre os pais dela mexe muito comigo, então deve estar esperando partir de mim a iniciativa de conversar a respeito. Ou isso ou escoa no filtro gasto de sua memória só o imprescindível, como os passos da gafieira — ritmo que a professora nos manda dançar.

Braço direito levemente esticado e mão esquerda no ombro do cavalheiro. Passo para a direita, junta o pé esquerdo. Perna direita à frente, perna esquerda segue o mesmo movimento. Perna esquerda para a esquerda, perna direita acompanha. Perna esquerda para trás, perna direita em seguida. A sequência dos passos forma um quadrado e eu, claro, não entendo porcaria nenhuma.

— É fichinha! — seu Toninho diz.

E, enquanto eu sigo testando sua paciência com minha absoluta falta de coordenação, seu Toninho me convida novamente para tomar café da tarde com ele e dona Mirtes. Não há por que dizer não. E, na primeira vez que o samba pausa, seu Toninho pega o celular e avisa à esposa que vai ter visita para o chá.

Seu Toninho retorna para os meus braços decidido a revelar a passista que existe em mim. Pega na minha cintura e me gira de um lado, do outro, fazendo passos muito mais avançados que o quadrado básico que eu não consigo riscar. E, de forma surpreendente, eu relaxo e deixo que ele me guie. Eu, que preciso me apaixonar por ordem da Júlia, tenho agora o coração inundado de amor. Pela gafieira e pelo seu Toninho. Vale, Júlia?

A casa do seu Toninho é antiga e fofa. Parece arquitetura de fazenda, com portão baixo azul-marinho, fachada amarelo-escura e janelas e portas arredondadas, pintadas tal qual o portão. Um gramado aparado na frente abraça o caminho de pedras até a entrada do casarão. Acho que eles são endinheirados, para usar um adjetivo que orna com o casal.

Dona Mirtes está à nossa espera, avental na cintura, mesa posta. Para combinar com o clima, a comida tem jeito de interior. Bolo de maçã, manteiga derretendo no calor do pão de queijo recém-saído do forno, água fervida apitando na chaleira, café passado no coador e leite quente na leiteira. Um verdadeiro banquete às quatro e quinze da tarde. E, para contar da dona Mirtes, que jeito de vovozinha querida. Gordinha, bochechas rosadas, cabelo de rolinhos de algodão. Um contraste lindo com o negrume da pele do seu Toninho. Opostos nascidos para se complementar. Na aparência e no jeito. Seu Toninho é delicado, educado, fino, gentil, cortês. Dona Mirtes é simplória, bonachona, expansiva, a verdadeira *mamma*, mesmo sem ser italiana ou tampouco ter filhos. Não puderam, dona Mirtes conta com o olhar baixo, como se sentisse falta do que não teve, e seu Toninho passa os braços murchos pelos ombros corpulentos da esposa. Encostam testa com testa, sorriem um sorriso triste e cúmplice e tocam os lábios num beijo rápido, mas cheio de amor. E eu entendo imediatamente o pânico que seu Toninho disse sentir de pensar na possibilidade da morte da companheira de vida, porque ele só tem a ela e ela a ele.

Converso com dona Mirtes sobre a aula de dança e ela diz:

— Não venha você também me azucrinar. — E a barriga balança no ritmo da gargalhada.

Insisto:

— Mas, dona Mirtes, vocês vão fazer sessenta anos de casados. A senhora não pode deixar passar em branco.

— Não vai ter festa, menina. O Toninho não contou que a família é pequena, quase ninguém mais tá vivo. — E dona Mirtes ri da própria desgraça.

— Já falei, Mirtes, que não é festa. Vamos comemorar eu e você, como foi a vida toda. Pensei no baile da saudade.

— Deixa de bobagem, Toninho. Eu que não coloco o pé naquele lugar cheio de gente velha. — E lá vem ela rindo outra vez.

— Não falei, Gabriela? Empacada que nem uma mula.

— Esse pão de queijo está incrível, dona Mirtes — elogio.

— Eu que fiz — ela se gaba. — Receita antiga, da minha mãe. Nunca achei um pão de queijo mais gostoso que esse.

— Acho que é o melhor que já comi na vida — digo, enquanto me sirvo de mais um. — O que eu posso fazer pra senhora mudar de ideia?

— Não se ofenda não, querida. Mas nada vai me fazer mudar de opinião. O Toninho que vá lá nas aulas de dança e me deixe aqui com o meu fogão. — Ela joga a mão direita no ar, como se mandasse o marido se afastar, mesmo ele já estando um pouco distante.

Pego um pedaço do bolo de maçã. Dona Mirtes tem mãos de fada, como dizem. Que delícia! E sigo conversando com quem já considero meus avós postiços. Fico sabendo como os dois se conheceram, em Jaú. Mirtes era filha do dono da funerária da cidade, e, no momento em que Toninho perdeu o pai, a vida trouxe seu grande amor. Foi na hora de acertar os detalhes do enterro de seu Antônio que Toninho viu Mirtes trabalhando na funerária.

— Meu pai queria porque queria que eu maquiasse defunto. Mas nem morta! — dona Mirtes fala e, de novo, a barriga balança com o riso.

Ela ajudava na parte administrativa e no atendimento. Era menina ainda, dezesseis anos. Seu Toninho tinha um a mais e trabalhava na venda do seu Antônio. Quando o pai morreu, assumiu o comércio e o fez prosperar, transformando o lugar anos mais tarde no maior mercado da região — tanto que expandiu o negócio para a cidade vizinha. A cabeça era boa para números e para administração. Mas o coração sempre foi grande demais e, com isso, seu Toninho perdeu tudo para o melhor amigo do pai e sócio, a quem confiava cegamente e que lhe roubava por debaixo dos panos.

Seu Toninho cortejou dona Mirtes alguns meses antes de começar a namorá-la. Não era segredo para ninguém que o pai dela não aprovava, muito por causa do preconceito pela cor. E Mirtes chorava porque também já estava apaixonada, mas não tinha autorização para ver Toninho. Mas, como dois jovens que se amavam, eles davam seu jeitinho para poder passar um tempo juntos. Ou Mirtes ia mais cedo para a escola, ou fingia uma dor qualquer e saía um pouco antes. A diretora chegou até a desconfiar de que a menina não ia bem de saúde, porque cada dia era um problema diferente. Não importava a desculpa, Toninho deixava a venda por um instante com o irmão mais novo e corria para encontrar a amada. E foi assim por quase um ano, até que Mirtes bancou a doida e contou para o pai que estava grávida. Seu Joaquim surtou, ameaçou colocar a filha para fora de casa e ainda prometeu que matava Toninho. Isso só não aconteceu porque a mãe dela interveio e disse que, se a filha fosse embora, ela ia junto. Mirtes herdou a força e a valentia da mãe e a impulsividade e alguns parafusos a menos do pai. O casamento teve de ser feito às pressas, porque seu Joaquim não queria correr o risco de que a filha caísse na boca do povo. Mirtes tinha dezessete anos, e Toninho havia pouco atingira a maioridade. E só depois de um mês de casados Mirtes contou a verdade para o pai. Não havia gravidez nenhuma e ela subira ao altar virgem, do jeito que ele esperava. Só beijo na boca tinha dado. E seu Joaquim mais uma vez ameaçou matar Toninho porque fora cúmplice de uma mentira deslavada. Mas Toninho estava louco de paixão e não conseguia encontrar outra saída, por isso concordou com a ideia maluca de Mirtes. Joaquim acabou aceitando a união com o tempo — verdade que a ascensão financeira do genro ajudou. E muito. Ainda mais quando a funerária estava quase fechando as portas e Toninho injetou um dinheiro lascado no negócio, que continuou vivo para enterrar muitos mortos.

Mais ou menos oito anos depois das bodas, Toninho acabou falindo por culpa do sócio. Como a mãe também havia morrido, ele, o irmão e Mirtes se mudaram de mala e cuia para São Paulo. Seu Toninho conseguiu emprego em um mercado de bairro, na Lapa, onde alugaram uma casinha de dois quartos. Na época, propôs ao dono do estabelecimento montar uma pequena padaria em um galpãozinho ao lado do mercado que também pertencia a ele. Disse que Mirtes fazia pães e bolos como ninguém e que podia trabalhar com eles. Seu Olegário, o dono de tudo, pensou por um tempo e decidiu aceitar a proposta, desde que Toninho ajudasse na reforma do galpão sem ganhar nada a mais pelo trabalho extra. E todos os dias, quando batia o ponto no mercado, Toninho ia trabalhar na construção, como assistente do mestre de obras. Aprendeu todas essas coisas que não sabia: assentar azulejo, mexer na parte elétrica e no encanamento. E também colocou o irmão para trabalhar com eles. Carlos não gostou muito da ideia de pegar pesado sem ganhar um centavo, mas morava e comia às custas de Mirtes e Toninho, então se sentiu obrigado a ajudar. Alguns meses depois estava pronta a padaria, e Mirtes, empolgada para vender suas delícias. O trabalho era cansativo para os três. Toninho continuava no mercado e ajudava também na padaria. Mirtes levantava no escuro para preparar e assar os pães e bolos do dia. E ainda inventava receitas quando o expediente terminava. Carlos aprendeu com Mirtes e tomou gosto pela cozinha. Seu Olegário passou a confiar tanto em Toninho que, aos poucos, deixou a administração da panificadora por conta dele. Escolha acertada, porque bastaram cinco anos para que seu Olegário fosse dono de duas outras padarias. Ele, que já era rico, viu seu patrimônio triplicar e seria para sempre grato a Toninho. Tanto que, quando morreu, doze anos mais tarde, a contragosto dos dois filhos, deixou para Toninho uma de suas três padarias. Mirtes já não trabalhava como padeira-chefe e confeiteira desde que o negócio começara a crescer. Ela queria voltar a estudar e comunicou ao marido que assim faria. Toninho ficou preocupado no começo, mas apoiou a decisão. Mirtes deixou para Carlos as atribuições do trabalho e foi atrás de garantir seu diploma. Fez supletivo e depois se tornou a aluna mais velha da classe do magistério. Passou boa parte da vida lecionando para crianças — a quem chamava de filhinhos — e, quando se aposentou, voltou para o fogão.

Fico encantada escutando a história do casal. Ao mesmo tempo, penso que uma vida inteira se resume em pouco mais de uma hora de conversa. E me entristece imaginar que, para contar a biografia da Júlia, não será preciso mais do que dez minutos. Ela merecia mais. Muito mais.

UM DIA E TANTO

A ansiedade chegou, foi se esparramando e se aconchegou. Faz uns dias que falei com o Lucas e, desde então, não recebi nenhuma outra mensagem. O primeiro passo foi meu, o segundo precisava ser dele. Nisso a Júlia concordava comigo. Até quando a gente começou a se aproximar do Fabinho foi assim.

— Será que a gente manda uma mensagem pra ele, Ju?
— Nem pensar, Gabi. A última vez quem ligou não foi você?
— Foi
— Então! Esquece. É tipo xadrez. Cada um faz a sua jogada e depois fica ali, quietinho, analisando e esperando o próximo movimento do adversário.
— Mas a gente não achou o Fabinho legal e não quer a companhia dele? Isso não é um jogo...
— Claro que é. E, como em todo jogo, o mais esperto ganha.

Outro pensamento que me visita a todo momento, e que incomoda mais que a falta de mensagens do Lucas, é o que o seu Toninho disse na outra semana. Mesmo ele não tendo tocado no assunto durante a nossa gafieira ou no café com dona Mirtes, eu ainda repasso na mente as palavras que ele disse: que eu devia visitar a família da Júlia, que não podia abandonar a tia Lili e deixar que ela pensasse que também havia me perdido. Estou sendo relapsa. E sinto culpa outra vez. Desculpa, Júlia, desculpa. Talvez ainda seja demais para mim.

Penso em conversar com a minha mãe, apesar de estarmos distantes no momento. Preciso tomar uma decisão pesada demais para minha força. E ela é mãe, afinal. Apesar de ter esquecido disso.

Vou até à cozinha tomar café da manhã. Meu pai já saiu para trabalhar.

— Bom dia, querida — minha mãe diz.

— Bom dia.

— Você está séria. Aconteceu alguma coisa ou é só o seu bom humor matinal?

— Não começa, mãe.

Minha mãe suspira, faz a pausa dramática característica dos momentos em que quer bancar a vítima e continua:

— Gabriela, tem uma coisa que eu quero saber já faz uns bons dias. Que história foi essa de saltar de paraquedas?

Saco! Eu sabia que esse dia chegaria, mas não estava preparada para que fosse hoje.

— Ah, mãe. Sei lá... Era um sonho que eu tinha.

— Sonho? Por que você nunca me falou nada sobre isso? Nem pro seu pai?

— Sei lá. É coisa minha.

— Isso é sério. Você não pode pular de paraquedas sem o meu consentimento. Onde foi? Vou ligar lá hoje mesmo pra dizer que é um absurdo eles deixarem uma menor de idade saltar sem a autorização dos pais.

— Eu usei um RG falsificado — menti. A tia Ana tinha me ajudado, não precisava sobrar para ela.

— O quê? Como assim, Gabriela? Que RG falsificado é esse? — Minha mãe começou a aumentar o tom de voz.

— Para, mãe! Como se você nunca tivesse feito uma coisa assim quando era adolescente.

— Não, eu nunca fiz uma coisa assim! Nunca tive um documento falso e muito menos usei esse documento pra fazer algo tão perigoso quanto saltar de paraquedas! — Minha mãe estava bem brava.

— Você engravidou. Tenho a impressão de que é pior.

De novo a pausa.

— Gabriela, eu gostaria de entender em que momento você perdeu o respeito por mim. — Ela se senta e baixa o tom de voz. Acho que a deixei triste. — De verdade, eu queria muito saber o que aconteceu para você deixar de me tratar como sua mãe.

Quer mesmo saber, mãe? Foi quando você decidiu que não precisava mais cuidar de mim, quando você e o papai resolveram que sair para a balada todo sábado à noite era mais importante que estar comigo, quando vocês esqueceram que *eu* sou a adolescente da casa, quando você parou de perguntar se estava tudo bem comigo, quando você decidiu que queria aproveitar a vida bem no momento em que eu mais precisava de você, quando a Júlia morreu e você me disse que tudo ia ficar bem. Só que está tudo uma droga e parece que vai ficar assim para sempre.

— Vou pra escola.

Deixo minha mãe sentada à mesa sozinha e sigo para o ponto de ônibus. É estranho como, aos poucos, estou ficando com cada vez mais raiva dela. Do meu pai também, mas é pior com a minha mãe. A verdade é que, de um ano para cá, ou mais, meus pais deram uma pirada e as coisas começaram a sair dos eixos. Eles sempre fizeram questão de passar alguns fins de semana por ano sozinhos, viajando, e eu ficava na casa da Júlia ou, mais recentemente, ficávamos as duas sozinhas na minha casa. Eu achava isso muito legal e sempre pensei que quando casasse gostaria de ter esse tempo só com meu marido. Mas aí a frequência desses "fins de semana a dois", como eles chamam, foi aumentando. Meus pais me perguntavam se tudo bem para mim eles irem passear não sei onde, irem ao show de não sei quem, se eu não me importava. Eu dizia que não, mas comecei a não achar mais tão divertido. Sei que qualquer adolescente normal ia amar. A Júlia adorava. Mas eu sinto falta de jantar com eles, de comer uma pizza, assistir a filmes, jogar baralho, contar sobre um trabalho da escola, pedir ajuda para um dever, deitar a cabeça no colo do meu pai para ganhar cafuné até quase dormir e lutar com o sono só para continuar recebendo carinho. Sinto tanta falta. Depois que a Júlia morreu, pensei que íamos ficar mais tempo juntos. E no primeiro mês ficamos mesmo. Meus pais chegaram a me sufocar com tanta atenção, e nós brigamos feio pelo excesso de zelo. Minha mãe e eu, principalmente. Só que essa dedicação toda a mim foi diminuindo, diminuindo, até adormecer e entrar em coma. E então veio a amnésia, que apagou da mente deles a morte da minha melhor amiga, a solidão que eu sinto, o desespero e a angústia que essas ausências me dão.

Não bastasse a manhã gloriosa com a minha mãe, na escola o professor de filosofia decide dar início a um debate para auxiliar na reflexão sobre o luto e na nossa redação. Eu me sento lá atrás, no cantinho da sala, e afundo a cabeça nos braços cruzados sobre a carteira. E desejo estar invisível e ficar assim. Talvez para sempre.

— Eu acho que o luto é muito difícil porque significa o rompimento brusco de uma relação — João fala.

— Não precisa ser necessariamente um rompimento brusco — Ana Clara rebate. — Supondo que uma pessoa esteja muito doente, desenganada pelos médicos, a família vai acompanhar o sofrimento dessa pessoa. Acho que é uma forma de começar a se despedir, mas não significa que não vai ter o período do luto.

— Mas aí você teve tempo para entender e aceitar que a pessoa vai morrer, e às vezes a família chega até a desejar a morte de quem está sofrendo demais. Nesses casos o luto é menos sofrido — João conclui.

— Eu não acho — Malu diz. — Já passamos por isso na nossa família. O meu avô estava muito doente e sofrendo, então eu rezei para que ele descansasse. Mas mesmo assim sofri demais quando ele morreu. E, pior que isso, me senti culpada por ter desejado a morte dele, mesmo sabendo que essa era a única maneira de ele parar de sentir dor. — Os olhos de Malu estão cheios d'água.

— O luto não precisa estar só ligado à morte — Bento fala. — Na minha opinião, o fim de um casamento, por exemplo, também pode ser encarado como luto. Quando os meus pais se separaram, o meu pai passou por esse momento como se fosse um período de luto mesmo. Ele sofreu muito, porque precisou reaprender a viver sem a minha mãe. Eu acho que é um tipo de luto também.

— Mas nesse caso você sabe que a pessoa está viva, sei lá... — Nina retruca. — Você tem notícias dela, nem que seja pela internet. Se quiser, você pode ligar e vai ouvir a voz, sei lá...

— Pra mim o mais difícil é conviver com o nunca mais. — Eu não queria falar, queria continuar transparente e imperceptível ao mundo, embora sentisse que cada palavra que diziam estava sendo direcionada a mim. Mas aquilo sai como vômito, incontrolável, amargo, sequela de algo que me faz muito mal. — Eu nunca mais vou ver a Júlia, nunca mais vou ouvir a voz dela ou abraçar a minha amiga, nunca mais vamos conversar, nunca mais vamos brigar, nunca mais vamos viajar juntas, nunca mais vou rir do mesmo jeito ou ser feliz do mesmo jeito. E a Júlia nunca mais vai experimentar coisas novas, como gostava. Ela nunca vai ter um grande amor, ou se casar, ou ter filhos, ou ter a chance de escolher não ter nada disso na vida. Porque ela nunca mais vai estar aqui. Nunca mais, entende?

Não quero mais fazer parte disso. Como o Fabinho falou, eu não vou fazer terapia em grupo com esse bando de idiotas desta escola idiota. Saio da sala de aula, corro pelo corredor e desço as escadas do prédio tão rápido que nem sei como chego ao primeiro andar. Quando percebo, estou sentada no banco do pátio, quase sem ar, com o pescoço apertado. Decido não chorar. Não na escola, não depois do que aconteceu na sala de aula. Abaixo a cabeça para me concentrar quando alguém fala comigo:

— Sinto muito.

Continuo calada.

— Eu sei que é clichê dizer isso. E, pra falar a verdade, sei que não serve pra nada. Mas foi a única coisa em que consegui pensar pra me aproximar de você.

Levanto um pouco a cabeça, o suficiente apenas para liberar os olhos e enxergar quem fala. Eu não me lembro daquela voz.

— Você não sabe quem eu sou, né? — ela pergunta.

— Desculpa. Eu não tô legal.

— Não, tudo bem. Eu sei quanto você e a Júlia eram amigas. Pra ser honesta, sempre tive inveja da amizade de vocês, porque nunca conheci uma pessoa com quem eu tivesse tanta afinidade.

— A palavra da moda — ironizo.

— O quê?

— Nada, não. Só uma piadinha que eu e a Júlia costumávamos fazer quando alguém dizia essa palavra. Afinidade.

Nunca mais vamos ter nossas piadas, Júlia.

— Ah. Eu gostaria de ter tido alguém na minha vida com quem tivesse esse tipo de código — ela diz.

— E você quer que eu sinta pena de você por isso? — Sou grosseira, não sei por quê.

— Se quiser... Assim a gente fica quite.

Ela vira as costas e está indo embora quando eu tenho uma crise de consciência.

— Ei, peraí! Desculpa. Eu só estou nervosa.

A menina vira de novo para mim. Tento lembrar quem é ela. Franzo os olhos e a encaro fixamente, buscando resgatar na memória aquele rosto. Bonito, forte, difícil passar despercebido.

— Eu sou a Lorena. — Ela parece ter notado que eu queria saber de onde não a conhecia.

— E eu sou a Gabriela.

Ela ri. E tem deboche no riso.

— Claro que eu sei quem você é — diz. — E gostaria que soubesse que estou muito triste também.

Isso me aborrece um pouco. Ela conhecia tanto a Júlia quanto a mim, ou seja, nem um pouco. Uma coisa que sempre me tirou do sério foi o fato de as pessoas quererem igualar o sentimento delas ao meu. A minha dor só pode ser equiparada à da família da Júlia. Nem o Fabinho tem o direito de entrar nessa ciranda.

— Você conhecia bem a Júlia? — pergunto.

— Não, só de vista. E fico triste por isso mesmo. Porque não dá mais pra isso acontecer.

É... Nunca mais.

— Olha, eu conheço todo mundo deste colégio, porque estudo aqui há anos, e não lembro de você.

— Eu entrei aqui no início do ano. Você sempre esteve ocupada demais com a Júlia, e depois que ela... ela...

— Morreu. Pode dizer. As pessoas têm medo de dizer essa palavra. Tem gente que fica falando "faleceu". Faleceu o caramba! Morreu, morreu mesmo. Não tem um sinônimo pra isso. Não tem uma palavra menos forte ou impactante. É isso e ponto.

— É... Depois que a Júlia morreu, você passa tempo demais sentindo falta dela pra perceber que existem outras pessoas por perto.

Alguma coisa nessa menina me incomoda, mas ao mesmo tempo me faz querer escutar mais o que ela tem a dizer. Acho que só a Júlia me provocava dessa forma.

— Você não devia estar na aula? — pergunto.

— Você também devia. A porta da minha sala estava aberta, eu sento na primeira fileira e vi você passar correndo. Aí eu vim atrás, pra saber se estava tudo bem.

— Por que você quis vir falar comigo, Lorena?

— Porque você não morreu, e ainda dá tempo de eu conhecer alguém com quem possa ter piadas em comum.

Fico sem saber o que dizer. A Lorena nota meu constrangimento e é educada, diz que precisa voltar para a classe.

E AGORA?

M eu celular vibra. Já são quase onze da noite. Depois do encontro esquisito com a Lorena, acabo desistindo da conversa que gostaria de ter com meus pais. Muita coisa para um dia só.

Quando vejo de quem é a mensagem, me pego sorrindo, bem pateta, não me contenho. É loucura, mas esse desconhecido está me deixando mais ansiosa que qualquer outro garoto com quem já flertei na vida.

Lucas: Acordada?
Eu: Por enquanto.
Lucas: Sentiu a minha falta?

Claro que sim! Você sumiu. Achei que não ia mais me procurar.

Eu: Por que eu sentiria a sua falta?
Lucas: Estou sendo muito pretensioso, né?
Eu: Pelo pouco que te conheço, acho que você não está sendo, não. Você é ;)
Lucas: Essa piscadinha não faz de você menos cruel.

Eu: Ah, eu sou fofa.

Lucas: Aposto que sim. Posso perguntar como foi o seu dia?

Eu: Intenso.

Lucas: Intenso é bom.

Eu: Intenso é ruim.

Lucas: Então temos um probleminha.

Eu: Probleminha é bom.

Lucas: Problema geralmente não é tão bom assim.

Eu: Mas você disse "probleminha" e não "problema" ou "problemão". O sufixo pode mudar completamente uma história.

Lucas: Nunca tinha pensado por esse ponto de vista.

Eu: Isso é importantíssimo (eu disse "importantíssimo" e não "importante").

Lucas: Tem razão. Se eu disser que você é bonitinha, é bem diferente de dizer que é bonita ou bonitona.

Eu: Prefiro bonita.

Lucas: Sério? Eu estava quase falando que você é bonitona. Ainda bem que eu não disse.

Eu: Acho bonitona um pouco vulgar, não sei.

Lucas: E se eu disser que você é bonitinha?

Eu: Não é o melhor elogio do mundo, né? Tem aquela história... de que bonitinha é feia de roupa nova.

Lucas: kkkk. Você é difícil de agradar.

Eu: E o seu dia, como foi?

Lucas: Não muito bom. Algumas coisas não deram certo.

Eu: Que pena.

Lucas: Que pena.

Eu: Podemos falar por mensagem de voz?

Lucas: Não gosto. Acho um saco, pra falar a verdade. Não consigo interromper, as pessoas gravam mensagens imensas, ficam se repetindo. E depois eu pareço mais inteligente quando escrevo que quando falo.

Eu: Hum... Acho que temos outro probleminha.

Lucas: Pelo menos é inha e não ão.
Eu: É que eu tenho preguiça de ficar digitando.
Lucas: Você é bem preguiçosa, né?
Eu: Bastante.
Lucas: Ão. Dos grandes.
Eu: Sério? É tão ruim assim?
Lucas: Eu ando a 200 por hora. Achei que você pudesse me acompanhar.
Eu: Tenho medo de velocidade.
Lucas: Entendi. Devagar e sempre.
Eu: Mais ou menos isso.
Lucas: O caso não está todo perdido. Um pouco de prudência não faz mal, não é verdade?
Eu: Certeza. Por que o seu dia foi ruim?
Lucas: Não foi intenso o suficiente, rs.
Eu: Somos os dois escorregadios, né?
Lucas: Dois sabonetes.
Eu: Você é de tangerina.
Lucas: ?
Eu: Nada, não. Podemos falar pelo telefone, como as pessoas faziam antigamente... rs.
Lucas: Ou podemos nos encontrar.

Paraliso.
Vamos, vamos nos encontrar. Sim, eu quero. Não, não quero. Não sei.

Lucas: Tudo bem aí?
Eu: Tudo.
Lucas: Está com medo de alguma coisa?
Eu: E se você for um psicopata?
Lucas: Garanto que não sou.
Eu: Nenhum psicopata diria que é.

Lucas: Verdade. Mas a gente pode se encontrar na Paulista, num domingo, cheio de gente.
Eu: Não sei...
Lucas: Se quiser, podemos distribuir abraços juntos.
Eu: Nem pensar! De agora em diante, só abraço árvores.
Lucas: Vamos num parque então. Tem um montão de árvores pra você saciar sua carência mais uma vez.
Eu: kkk. Vou pensar, tá? A gente se fala outra hora.
Lucas: Abraço.
Eu: Abraço.

NA METADE

Este ano precisa chegar ao fim. O fechamento deste ciclo talvez possa me ajudar a seguir em frente. Não sei por que sempre colocamos tanta expectativa no início de um novo ano. É como se, ao dormir no dia 31 de dezembro e acordar no dia 1º de janeiro, alguma coisa cósmica acontecesse e uma energia nova tivesse início, enterrando o que passou e fazendo nascer a expectativa e a esperança de dias melhores. Se eu fosse forte, elegeria o dia de hoje meu Réveillon.

Mas ainda é setembro e há muita coisa para fazer. Inclusive a redação sobre o luto. Ligo o computador e começo a digitar meu texto.

O dicionário define o luto como tristeza profunda pela morte de alguém. Mas para mim não existe uma maneira mais sutil, mais delicada ou educada de dizer que o luto é uma grande merda.

Apago. Embora seja verdade, não acho boa ideia ter esse conteúdo em uma redação que vale nota.

O luto é um período pelo qual precisamos passar para assimilar e aceitar a perda de uma pessoa querida. Não existe um tempo determina-

do para que ele aconteça, mas tenho a impressão de que o que estou passando hoje vai durar para sempre.

Deleto tudo outra vez. Como estou com muita dificuldade para fazer a redação, talvez me valha do mesmo argumento do Fabinho. O que sei é que, por enquanto, desisto. Hoje não é o dia para tentar escrever. Opto por estudar, mas também abandono a ideia rapidinho. Estou um pouco perdida, sem saber como ocupar meu tempo no sábado à tarde, quando minha mãe bate na porta do quarto.

— Tia Ana está aí.

Fico feliz e aliviada, porque agora tenho algo para fazer. Vou até a sala, dou um abraço forte na minha tia e ela estranha, porque geralmente não me comporto assim.

— Oi, Gabriela. Também estou muito feliz em ver você — Ana diz, irônica, depois me abraça e sussurra no meu ouvido. — Não pense que estou aqui de livre e espontânea vontade. Eu tinha coisas muito mais legais pra fazer do que ver a minha sobrinha adolescente depressiva e mala. Sua mãe me obrigou.

— Tenho certeza disso — respondo, sorrindo.

— Mas e aí? — Ela me solta. — O que tem feito de bom na vida?

— Nada de mais — respondo.

— E desde quando saltar de paraquedas não é nada de mais? — minha mãe fala em tom de ironia.

— Sério que você saltou de paraquedas? — Ana pergunta.

— Ué, Ana. Você já sabia — provoco minha tia, dando um sorriso. Ela me fuzila com o olhar. E minha mãe faz cara de sonsa, como quem não está entendendo nada — acho que não está mesmo.

— Eu vi que você curtiu a minha foto — continuo, depois de uma pausa sarcástica.

— Ah, é verdade. É que eu curto suas coisas sem nem prestar atenção direito. Faço meio que por obrigação, né?

Rio. Ela adora me perturbar. Queria muito ser mais parecida com a Ana. Ela sempre foi bem resolvida, divertida. E me lembra um pouco a Júlia no jeito. A Ana não é a mulher mais bonita do mundo, mas se garante. E tem um charme todo especial. Não é muito alta, é magra, cabelo longo, liso e preto. Bem preto. O tom natural é castanho e ela pinta para escurecer — o que é ótimo, porque realça seus olhos verdes, como os da minha mãe. Infelizmente, puxei os do meu pai. Quero morrer toda vez que penso que eu poderia ser morena de olhos verdes, a combinação mais linda que existe.

Passo a tarde conversando com a Ana. Ela conta sobre a viagem a Paris. Teve pouco tempo, apenas três dias, mas foi suficiente para conhecer o amor da sua vida.

— De novo? — Não me contenho e dou risada.

— Você ri assim porque ainda não o viu. É um advogado francês maravilhoso, que mora em Marselha. Foi até Paris para resolver um negócio com um cliente. Nem precisei sair do hotel pra encontrar o homem dos meus sonhos. O nome dele é Maurice.

— Acho que estou tendo um *déjà-vu* — brinco.

Ana joga uma almofada em mim. Conversamos mais um pouco, até que ela vai embora. Seria uma boa oportunidade para falar com minha mãe e, quem sabe, apaziguar um pouco a situação. Mas ela diz que vai descansar antes de sair com o meu pai. E então percebo que já faz uns dias que não o vejo.

— Cadê o papai? — pergunto, antes que minha mãe feche a porta do quarto.

— Trabalhando.

— No sábado?

— Parece que surgiu um projeto urgente.

Meu pai é designer gráfico. Ele e o primo montaram um estúdio de arte há cinco anos, mais ou menos. Como a empresa é pequena, os dois ficam sobrecarregados e trabalham demais. Quando não está na balada com a minha mãe, ele está no trabalho. Acho que sinto menos raiva do meu pai porque, às vezes, até esqueço que ele ainda vive nesta casa.

— E vocês vão sair hoje de novo? — pergunto, só para confirmar o que já sei.

— Combinamos de jantar com a Suzana. Ela está precisando de companhia.

Suzana é a amiga maluca da minha mãe que acabou de se divorciar. Realmente encarar um divórcio deve ser mais difícil que sobreviver sem a melhor amiga morta, não é, mamãe?

— Claro — eu falo. — Ela precisa de companhia.

Volto para o meu quarto e me jogo na cama, com pena de mim. Mas meu olhar é outra vez atraído para os envelopes da Júlia. Hesito. Tenho medo do que ela preparou para mim. Fora que estou me aproximando da metade da lista, o que significa que estou a meio caminho de me despedir definitivamente da minha amiga. Não quero que esse dia chegue. Mas os envelopes parecem ter ímã, não consigo resistir. Viro na cama para alcançar o criado-mudo, onde eles estão. Pego o número 5, verde. O celular apita e eu imagino que seja um sinal, indicando que não é o melhor momento para abri-lo. Devolvo o envelope ao criado-mudo e torço para que a mensagem seja do Lucas, mas é de um número que eu não conheço.

> Oi, Gabriela. Tudo bem? É a Lorena. Peguei o seu número com o Fabinho. Queria escrever pra me desculpar por aquele dia. Acho que fui invasiva demais.

Difícil fingir para mim mesma que não estou decepcionada. Mas a Lorena não tem nada a ver com isso e merece uma resposta.

> Eu: Não tem problema.
> Lorena: Mesmo?
> Eu: Sim, tudo bem.
> Lorena: Só estava tentando me aproximar de você. Desculpa se eu forcei a barra.
> Eu: Tudo bem. Eu também tenho que pedir desculpas, fui um pouco grossa.
> Lorena: Um pouco? Rs.
> Eu: Ok, fui bastante grossa. Mas acho que você entende. Eu não estava num bom dia.

Lorena: Eu sei. Foi mal. É que esse assunto todo mexeu mesmo comigo.

Eu: Entendo, mexeu com a escola toda.

Lorena: Por isso eu quis me aproximar. Acho que você precisa estar cercada de pessoas que gostem de você e que de alguma forma, mesmo que seja só um pouquinho, façam você se sentir melhor e menos triste.

Eu: Mas você nem me conhece pra dizer que gosta de mim.

Lorena: Tenho intuição forte, rs.

Eu: Desculpa dizer isso, mas acho estranho... Quer dizer, por que você não se aproximou de mim e da Júlia antes?

Lorena: Já disse. Talvez vocês não percebessem, mas era impossível ficar amiga de vocês, a não ser que vocês quisessem. E a mim, pelo menos, nunca quiseram.

Eu: E você não tem outras amigas no colégio?

Lorena: Na verdade converso com todo mundo, mas não sou amiga de ninguém. Normalmente fico na minha. No intervalo das aulas eu não costumo sair da classe. Na minha antiga escola eu tinha vários amigos, mas chegar assim, no último ano, é complicado porque todos já se conhecem há anos. E eu não sou a pessoa mais expansiva do mundo. Então não é tão fácil.

Eu: Mas você parece bem decidida.

Lorena: Só com quem aparenta ser mais frágil que eu.

Eu: Eu não sou frágil.

Lorena: Você está.

Eu: Acho que sim.

Lorena: Bom, vou te deixar em paz. Um beijo pra você.

Eu: Vai fazer alguma coisa hoje à noite?

Lorena: Não. E você?

Eu: Também não. A gente podia ir em algum lugar.

Lorena: Onde?

Eu: Não sei. Vou falar com o Fabinho. Ele sempre sabe de alguma festa.

Lorena: Legal! Me avisa depois. Bjo

Eu: Bjo

Mando uma mensagem de voz para o Fabinho contando da Lorena e falo que estamos com vontade de sair. Ele responde com um gritinho: "NÃO ACREDITO!!!" E claro que tem uma balada para ir e diz que podemos acompanhá-lo. Aviso a Lorena e marcamos de nos encontrar direto na festa, às nove horas.

Desligo o celular e meus olhos são atraídos outra vez para as cartas da Júlia. Esqueço o sinal que acredito ter recebido e decido ver logo de uma vez o que está escrito. Rasgo o envelope de ponta a ponta, devagar, tomando cuidado para não danificar o que está guardado ali dentro. Confesso que não consigo nem imaginar o que está reservado para mim.

Acampar num lugar selvagem.

Está de brincadeira, Júlia? Estico o braço direito para o alto, como se pudesse apontar o dedo para o nariz dela. Não sei nada sobre acampamento, nunca dormi nem no quintal de casa, quando ainda morava em uma, não faço ideia de como armar uma barraca nem sei onde conseguir alguma. Aonde eu posso ir, meu Deus? Estou ficando cada vez mais irritada quando lembro que um dos meus desejos para ela era acampar também. Não especifiquei que deveria ser em um lugar selvagem, mas ela sempre quis acampar, por isso eu sabia que ia adorar esse desejo. Diferente de mim, claro, que detesto a ideia. Só de pensar em fazer xixi em qualquer lugar diferente de uma privada, fico aflita. Desisto, então, de pensar no assunto e entro no banho. Porque hoje eu quero me divertir.

FORA DA CAIXA

Na hora de me vestir, é como se eu escutasse o duelo entre a diabinha Júlia e a anjinha Gabriela, uma em cada orelha, indicando o look ideal para a festa.

Visto meu jeans preferido e uma blusinha preta de manga comprida, justa no corpo e com um pouco de brilho. Coloco botas também pretas e prendo o cabelo num rabo de cavalo. A anjinha aprova, mas ouço a Júlia criticando.

— Está bonita. Mas dá pra caprichar mais, né, Gabi?

— Mais? — pergunto para a Júlia imaginária. — Achei que estava arrasando.

— Você está gata — a diabinha fala. — Mas nós queremos garotos com torcicolo, lembra? Coloca a calça preta, aquela leather, a blusa amarela de manga comprida mais soltinha e curta e uma sandália preta de salto. Solta esse cabelo e passa batom, peloamor.

Não custa tentar. E mais uma vez a Júlia está certa. Mesmo imaginária, ela tem razão. Penso que devia ter escutado a minha amiga mais vezes. Penso também que agora é tarde para esse tipo de arrependimento. E me sinto linda de batom vermelho. Não me recordo de já ter usado. Desfilo para mim mesma, me olhando no espelho. Reparo que meu cabelo cresceu bastante, já passou da linha do peito. Outra coisa que ela sempre me falou era que eu precisava deixá-lo bem longo e fazer algumas mechas para clarear um pouco, porque deste jeito meu visual fica pesado. Talvez eu faça, não sei. Também estou mais magra. Os sete quilos que eu sempre quis perder se foram sem eu notar. Bem que minha mãe diz que a felicidade engorda.

Estou pronta e me achando bonita. Sorrio para meu reflexo. Por um segundo olho para o celular com vontade de ligar para a Júlia. É automático, não tem jeito. Queria tanto que ela me visse assim. Queria tanto que ela fosse a minha companhia para a festa. Queria tanto, tanto que ela ainda estivesse aqui. Meus olhos encharcam. Pego um lenço de papel no criado-mudo, ao lado dos envelopes da Júlia, e seco as lágrimas antes que caiam. Chamo um táxi, bato na porta do quarto dos meus pais, minha mãe me manda entrar. Aviso que estou de saída.

— Para onde? — ela pergunta.
— Uma festa — digo.

E ela fala para eu me divertir. Pede um beijo, dou a contragosto, "juízo e cuidado, menina". Sempre tenho. Até demais.

A festa é em uma rua estreita de mão única em Perdizes. A viela está lotada de pessoas andando pra lá e pra cá ou paradas em rodinhas, quase todas com bebida nas mãos. Alguns fumam também. São mais velhos, na faixa dos vinte e poucos anos. A casa está enfeitada por fora com luminárias de bolinhas coloridas, o portão está aberto e várias pessoas ocupam a garagem. A música eletrônica é alta, mas não a ponto de incomodar. Encosto em um carro estacionado e mando mensagem para a Lorena e para o Fabinho avisando onde estou esperando por eles. A Lorena responde que vai chegar em cinco minutos.

Eu: De quem é essa festa, Fabinho?
Fabinho: Da minha amiga Aline, do teatro.
Eu: Acho que sou a pessoa mais nova daqui.
Fabinho: Certeza. Ela é mais velha que a gente.
Eu: Não demora, vai! POR FAVOR!!! Estou megadeslocada.

Fabinho: Ih, ainda vou tomar banho.
Eu: Pô, Fabinho...
Fabinho: E a Lorena?
Eu: Tá chegando. Mas não conheço ela direito. Vem logo, bicha.
Fabinho: Vai se enturmando aí.
Eu: Tá de brincadeira, né?
Fabinho: Vou tomar banho.
Eu: VEM LOGO!!!

Quando guardo o celular, percebo que tem um cara ao meu lado. Olho e ele pisca para mim. Devolvo uma balançadinha de cabeça e um minissorriso. Ele chega mais perto e encosta o braço no meu. Me afasto um pouco, estou nervosa. Ele é bonitinho, mas não gosto dessa abordagem. Ele percebe meu desconforto e pede desculpa. Outra balançada de cabeça e nos despedimos.

Vejo a Lorena descendo de um táxi na esquina. Está bem bonita, com um vestido azul-clarinho e meia-calça, botas e jaqueta pretas. Percebo que está procurando um rosto familiar e reconheço na sua expressão o mesmo estranhamento que senti. Então ela me vê e sorri. Parece feliz por estar aqui. Aperta os passos até mim e me abraça como se fôssemos amigas antigas que não se encontram há um tempo.

— Acho que somos as mais novas desta festa — a Lorena diz.

— Nossa! Falei exatamente a mesma coisa pro Fabinho.

— Cadê ele?

— Se embonecando. Vai demorar, conheço bem. Não sei por que eu ainda levo a sério o horário que ele marca comigo.

— Você já entrou na casa?

— Ainda não. Vamos lá ver?

— Vamos. Sabe o que estou pensando? — ela pergunta enquanto entramos pela garagem. — Parece aqueles filmes americanos em que duas adolescentes da high school chegam numa festa de universitários bem loucos e chapados e se sentem como ETs que caíram no planeta errado.

Gargalho, porque ela conseguiu pôr em palavras exatamente a minha sensação.

Entramos na casa. A iluminação fraca na sala é proveniente de lanternas feitas de potes de vidro com pequenas velas dentro. No sofá marrom tem um casal se agarrando com tanta empolgação que dá para ver as línguas se tocando. Meus olhos são atraídos para o casal. As mãos do cara já ocupam todas as partes do corpo da menina. Como um polvo, ele toca praticamente tudo ao mesmo tempo. Embora as outras pessoas ajam com total naturalidade, como se nada estivesse acontecendo, acho melhor sairmos antes de presenciar uma cena de sexo explícito. Certamente não quero que meu primeiro contato com o assunto seja desse jeito. Seguro o braço da Lorena, que está tão obcecada pela cena quanto eu, e a puxo em direção a um corredor.

— Poxa, eu estava assistindo ao meu primeiro pornô — ela brinca, falando no meu ouvido. A música está alta dentro da casa e mal posso escutá-la.

— Menina, que coisa, né? — Eu rio.

— Quente o negócio! E o resto do mundo nem aí pro incêndio — ela praticamente grita na minha orelha.

O corredor é estreito e está cheio de gente se movendo bem devagarinho. Se uma cena de quase sexo ao vivo só chama a minha atenção e a da Lorena, tenho medo do que pode estar acontecendo do outro lado para tanta gente ter interesse em ver.

Sem soltar as mãos, nos aproximamos da última pessoa da fila para cruzar a passagem. Está mais escuro que a sala. Vou tateando a parede com o braço esquerdo e, de repente, sinto uma mão tocar minha perna. Olho e vejo uma boca se abrindo, e dela sai um feixe de luz. Grito, a Lorena também e ouvimos risadas. A pessoa da boca brilhante está toda maquiada, como se fosse um zumbi, não sei... Ela abre outra vez os lábios e eu entendo que tem na língua uma daquelas tirinhas de neon. Não sei se acho graça ou fico assustada. Conforme vamos caminhando, outros zumbis surgem. Ao nosso lado, se arrastando no chão, por entre nossas pernas. No fim do corredor, temos a opção de subir uma escada ou ir em frente, passar pelo que parece ser a cozinha e depois o quintal. Mais por ter sido empurrada que por opção, acabo subindo a escada e puxando a Lorena comigo. Entre pessoas subindo e descendo, zumbis seguram nossos braços e clareiam um pouco o ambiente com seus brilhos coloridos enquanto emitem estranhos grunhidos. Em um desses momentos, tenho a impressão de ver o Rafa Moraes, o ator mais gato que já existiu no mundo, indo no sentido contrário ao meu. Mais que isso: acredito que ele sorriu para mim. Olho para a Lorena, mas ela está entretida demais observando os mortos-vivos. Quero descer e tento me virar, mas um monstro me segura e me empurra para cima.

O sobrado tem três quartos na parte superior e o que deve ser um banheiro entre eles. Fico angustiada de pensar em atravessar o corredor, com aqueles idiotas e seu Halloween fora de época. Entro no quarto mais próximo à escada. Tem uma cama de casal, onde seis ou sete pessoas estão sentadas, sem interagir umas com as outras. Perto da janela estão três meninas conversando e fumando. A Lorena para perto da porta. A música está um pouco mais baixa no andar de cima, então fica mais fácil entender o que ela diz.

— Festa estranha com gente esquisita — ela brinca.
— Bizarro! — falamos juntas e rimos.
A Júlia e eu costumávamos falar coisas ao mesmo tempo.
— Não entendi nada — a Lorena diz.
— Nem eu. Que gente maluca! Não sei onde o Fabinho encontra essas pessoas. Por falar nele... — Pego o celular para ver se tem alguma mensagem. O Fabinho não escreveu nada, mas me deparo com um "Boa noite" do Lucas. Sorrio para o telefone e a Lorena fica curiosa. Chego um pouco mais perto e conto rapidamente sobre o cara, sem dar detalhes do dia do abraço. Digo apenas que encontrei um bilhete no bolso da jaqueta com o nome e o telefone dele, que imagino quem ele seja, embora não tenha certeza, e que estamos trocando mensagens há uns dias. A Lorena solta um "hummmmm". E eu mudo de assunto, sem responder à mensagem.

— Ou eu peguei essa loucura por osmose, ou vi o Rafa Moraes aqui — falo.

— O youtuber?

— Acho que sim. Ele estava descendo a escada enquanto a gente subia.

— Sério?! — a Lorena dá um gritinho. — Por que você não desceu pra gente ir atrás dele?

— Eu tentei, você não viu?

Ela balança a cabeça negativamente.

— Esse bando de zumbis tapados não me deixou descer — lamento.

— Vamos lá embaixo *agora*, por favor!

Morro de preguiça de pensar em passar pela escada novamente, mas concordo. Desço os degraus sem olhar para um zumbi sequer e, quando percebo, já estamos na cozinha, longe dos artistas malucos. Estou com sede e vejo todos abrirem a geladeira sem cerimônia. Faço o mesmo e me sirvo de um refrigerante, mas a Lorena prefere cerveja.

— Você bebe? — pergunto.

— Não. Mas acho esta festa perfeita para começar — ela responde.

Dou risada e vamos até o quintal, que também está todo decorado com as lanternas de velas. As pessoas estão reunidas em grupinhos, nos cantos, próximas às paredes, deixando o gramado livre. A Lorena e eu paramos no meio, para ter mais espaço.

Sinto uma luz mais forte nos olhos e, quando olho para a Lorena, ela tem a mesma luz branca com manchas iluminando o rosto. Nos viramos para procurar que iluminação estranha é aquela e vemos todos fazendo sinal para que saiamos da frente. Então a Lorena me puxa para fora do gramado e entendo que estávamos paradas em frente a um projetor, atrapalhando a exibição de alguma coisa. Que vergonha! Dou uma rápida olhada em volta e vejo que várias pessoas estão rindo da gente, entre elas o Rafa Moraes. Então é ele mesmo. O que piora tudo e me faz ter vontade de cavar um buraco na grama e me enfiar, mas vejo a Lorena se divertindo com a situação e entendo que não foi tão terrível assim.

De cantinho de olho vejo o Rafa Moraes ainda me observando e sorrindo. Tomo coragem e retribuo. A Lorena me cutuca e aponta a projeção no muro. A foto de uma mulher vestida de noiva, com a maquiagem toda borrada e um buquê despedaçado nas mãos, ocupa boa parte da parede. Depois vejo a imagem dessa mesma noiva deitada de lado no chão, chorando. O outro slide (sim, isso ainda existe!) mostra a mulher também no vestido de noiva dentro de uma banheira, com um cigarro na mão e uma taça de champanhe na outra. A maquiagem está ainda mais borrada. A próxima foto traz a noiva com uma chupeta na boca, jogando um pacote de fraldas longe. A seguinte a mostra pintando o cabelo. E na última ela está loira, de calcinha, com os seios à mostra, sapatos de salto, óculos de sol e um chapéu, puxando uma mala de viagem. A projeção chega ao fim e todos começam a aplaudir. A Lorena e eu nos entreolhamos, sérias. Espio para ver a reação do Rafa e ele praticamente aclama a moça das fotos, que se coloca em frente ao muro, ao lado de um cara de barba longa e óculos de sol, para receber a ovação. Chego a me questionar se não tenho o menor senso artístico, se sou muito careta, até dou um gole na cerveja da Lorena para ver se me liberto, mas "bizarro" continua sendo a palavra de ordem para mim.

— Só eu estou achando isso tudo muito esquisito? — pergunto.

A Lorena faz outra careta e concorda.

— Estou com medo do que mais vamos encontrar aqui.

— Você viu que é o Rafa Moraes mesmo? — pergunto.

— Não! Fiquei tão entretida vendo o ensaio da noiva cadáver que nem lembrei de procurar por ele. Cadê o Rafa Moraes, Gabi? Pelo amor de Deus, cadê o Rafa?

Quando vou apontar na direção dele, percebo que não está mais no mesmo lugar.

— Estou aqui — ele diz, se aproximando por trás.

Sinto o rosto queimar. A segunda vergonha que passo em menos de dez minutos.

— Posso tirar uma selfie com você? — a Lorena pergunta.

O Rafa abraça nós duas, embora eu não tenha pedido para tirar foto com ele, se posiciona um pouco de lado — provavelmente para destacar seu melhor ângulo — e abre o maior sorrisão. Ele é mesmo lindo. Mais ainda pessoalmente.

O Rafa começou fazendo sucesso em um canal no YouTube em que falava sobre temas variados — qualquer coisa, na verdade. Até que conseguiu um convite para atuar em uma série, que bombou no streaming e fez aumentar ainda mais seu número de seguidores. Agora tem um canal de esquetes e atua na novela das nove.

Ele pergunta o que achamos das fotos e da performance na escada.

— Eu vi você subindo lá pros quartos. Gostou?

Então eu não estava surtando ou imaginando coisas. O Rafa Moraes olhou mesmo para mim. Preciso respirar para manter a elegância e não bancar a deslumbrada na frente dele. Tento agir naturalmente, como se ele não fosse lindo, famoso e tivesse dito que reparou em mim.

— Pra falar a verdade, não sei dizer. Acho que não entendi direito.

— Não? Está tão claro! — ele diz.

— Também não entendi nada — a Lorena sai em minha defesa.

— Vocês são novinhas, não? — o Rafa pergunta, com ar esnobe, como se fosse a pessoa mais experiente do mundo. Ele tem vinte anos, eu sei. Todo mundo sabe. Quanta experiência a mais ele pode ter?

— É, somos — a Lorena diz. — Ainda bem, né? Você vai ter rugas antes de nós — ela alfineta. E eu acho ótimo. O Rafa torce os lábios.

— Já que somos novinhas e não entendemos nada, explica pra gente o que estamos vendo nesta festa, por favor? Porque tá esquisito... — falo, com um tom de voz um pouco irônico.

E, como se declamasse um texto decorado para um de seus papéis, ele explica que os zumbis representam a todos nós, claro! Mortos-vivos, incapazes de raciocinar ou tomar decisões, vagando a esmo e sem norte, sem conseguir perceber que a resposta para tudo está dentro deles. Somente a luz interior é capaz de nos fazer viver, e não apenas continuar sobrevivendo.

— Genial! — ele se orgulha da própria teoria.

Sobre as fotos da noiva cadáver, é óbvio que se trata de uma contestação à instituição do casamento, que já nasceu fadada ao fracasso. E o brilhante trabalho também questiona a opressão que a mulher sofre por parte da sociedade machista e patriarcal, que a obriga a carregar o peso da maternidade, que muitas vezes ela simplesmente não está a fim de suportar. A libertação dela acontece quando escancara o seio, fonte da sobrevivência humana, símbolo da feminilidade e, ao mesmo tempo, emblema da dominação sexual que pode exercer sobre o homem. Ela vai ganhar o mundo, de peito aberto, sem medo, sem vergonha, sem deixar de ser mulher.

Sinto vontade de aplaudir. O Rafa Moraes pode ser arrogante, mas tem o dom da oratória. Olho para a Lorena e ela está com cara de "what the fuck?".

— Faz sentido — digo, só para encerrar o assunto.

— Achei uma graça você admitir que não entendeu nada. — O Rafa aperta minha bochecha como quem faz carinho em uma criancinha fofa.

Finjo um sorriso. Estabelece-se um silêncio constrangedor e ninguém sabe mais o que dizer. Olho no celular para procurar novidades do Fabinho e nada. O Lucas também não escreveu mais. Volto a sorrir forçado para o Rafa, ele pisca para mim e eis que... tasca um beijo na minha boca.

Estou com os olhos estalados e sentindo a língua do Rafa forçar a entrada na minha boca, ainda fechada. A Lorena se posiciona atrás dele e abre os braços, tentando entender o que está acontecendo. Arregalo os olhos, encaro a Lorena, abro um pouco a boca, ela ri, fecho os olhos, movimento a língua, abraço o pescoço dele e já foi. Dane-se. Vou é aproveitar. Nem que seja para poder me gabar de ter ficado com o lindo, famoso, gostoso e esnobe Rafa Moraes.

Entre um beijo e outro no galã, reparo na Lorena em um canto, conversando com o Fabinho, que enfim chegou. Ele me olha, sorrisão de orelha a orelha, saltita no lugar, dobrando os joelhos a cada pulinho, e bate palmas silenciosas.

Conversamos pouco, porque é melhor beijar o Rafa que escutá-lo falar de si mesmo o tempo todo, e ainda por cima na terceira pessoa. A verdade é que estou cansada dele e quero me juntar à Lorena e ao Fabinho, mas não sei como dispensá-lo. O momento ideal parece ser quando ele me convida para irmos para o andar de cima do sobrado. Não vai rolar, gato.

— Pode subir você. Vou ficar aqui com meus amigos — falo.

— Mas não tem sentido eu ir lá para os quartos sem você, se é que me entende. — Ele pisca para mim.

Dou um jeito de chamar a Lorena e o Fabinho sem que o Rafa veja. Talvez, se eles se juntarem a nós, o cara fique bolado e queira ir embora. Percebo que o Fabinho está reticente em se aproximar, mas a Lorena entendeu o recado e o puxa pelo braço na minha direção.

— A gente estava pensando em ir um pouco lá fora — ela comenta. — Querem ir?

— Vamos — concordo.

— Não — o Rafa responde ao mesmo tempo.

— Vamos dar uma volta com eles? — pergunto.

— Ok, gatinha. Você é quem manda. Não é sempre assim? — E dá uma risadinha, olha para mim e pisca outra vez.

Estou começando a ficar com raiva dessa piscadinha. Mania chata!

Sorrio de volta. Olho para a Lorena, com expressão de socorromeajudaemetiradaqui.

— Acho que vocês dois formam um casal superfofo. — Ela pisca exageradamente para mim, rindo. E tenho certeza de que entende, pelo meu olhar, que vou matá-la quando esta noite maluca chegar ao fim.

— Sabe que eu concordo com a sua amiga, Gabizinha?

Gabizinha? Pre-gui-ça desse menino...

Sorrio para ele outra vez, sem responder. Na rua, percebo todas as meninas olhando para mim, procurando uma justificativa para que o Rafa Moraes tenha me escolhido. Deve ser a roupa que a Júlia me mandou vestir, só pode.

O Rafa conta para a Lorena e o Fabinho como teve a ideia de começar o canal, como ficou surpreso quando descobriu que tinha gente que gostava de assistir ao que ele fazia, a alegria ao bater os mil seguidores, dez mil, cem mil, quinze milhões, e diz ainda que às vezes fica cansado do assédio e sente saudade de quando era uma pessoa normal — claro que eu já tinha escutado isso tudo e, óbvio, a palavra "normal" nesse contexto continua me chocando. Percebo que a Lorena e o Fabinho também estão cansados do monólogo.

— Vamos embora, Gabi? — a Lorena pergunta.

— Tudo bem — respondo e olho para o Rafa, fingindo peninha de ter que me separar dele.

— Mas vocês já precisam ir? — ele pergunta, um pouco desapontado.

— Sou novinha, lembra? — a Lorena diz, irônica. — Meus pais não me deixam chegar muito tarde.

— É verdade, Gabizinha. Vocês são muito babies. — O Rafa aperta minha bochecha outra vez. — Preciso do seu telefone.

Passo o meu número só porque tenho certeza de que ele nunca vai me ligar. Na hora de me despedir, ele me dá um beijo tão, mas tão gostoso que quase me arrependo de ter concordado com a intimação da Lorena para irmos embora.

O Fabinho decide ficar mais na festa. A Lorena e eu chamamos um táxi. Quando entro no carro, sinto o celular vibrar.

Quase ninguém tem meu número, mas você merece que eu te dê.
Bjo do Rafa Moraes ;)

ENTRE MILHÕES

Sim, o Rafa Moraes é egocêntrico e vaidoso e esnobe e pretensioso e arrogante e presunçoso e entufado e fátuo e jactante e, sim, estou olhando no dicionário sinônimos de metido, mas, sim, o Rafa Moraes é uma coisinha de lindo e gostoso. E, *sim*, eu fiquei com o Rafa Moraes!!! E queria que o mundo inteiro soubesse. Eu, que até esta noite era só mais uma pessoinha que passa a vida despercebida como tantas outras e no meio delas não me importava em ser invisível, não precisava deixar de ser. Mas aí apareceu um menino que ao menos quinze milhões de fulanos sabem que habita este planeta, e que é emproado, pedante, desdenhoso, empafiado, mas que prestou atenção em mim e me fez sentir como alguém que existe de verdade. Não quero ser tonta a ponto de achar que preciso que um cara famoso fique interessado em mim para me sentir verdadeiramente pertencente a algum lugar, mas talvez eu seja. Talvez eu seja tão babaca quanto o Rafa Moraes. E é possível que, se eu fosse famosa como ele, ficasse o tempo inteiro falando sobre Gabriela Muniz, que faz aula de dança com o melhor par do mundo, que é radical a ponto de saltar de paraquedas, que perdeu a melhor amiga num acidente horrível de carro e que agora precisa se reinventar e entender por que é bom estar viva. E falaria sobre como Gabriela Muniz é mais forte do que ela mesma jamais imaginou que poderia ser.

Tomo uma ducha, vou até a cozinha e anoto na folhinha: "15 milhões + 1". Deito na cama, apago o abajur. Então lembro que não respondi à mensagem do Lucas. Já são mais de duas da manhã, mas decido enviar mesmo assim.

Eu: Boa noite pra você também.

Para minha surpresa, vem uma resposta logo em seguida.

Lucas: Boa madrugada, você quer dizer.
Eu: Oi! Eu estava numa festa.
Lucas: Ah, por isso viu minha mensagem e não respondeu. Tinha coisas mais interessantes pra fazer. ☹

Então quer dizer que os garotos também se incomodam quando a gente não responde as mensagens na hora? Interessante...

Eu: Mensagem de voz?
Lucas: Vamos nos encontrar?
Eu: O que você acharia de uma festa com pessoas fazendo performances fantasiadas de zumbi pra te levar a pensar sobre a sua atuação morta-viva na sociedade?
Lucas: ???
Eu: E se nessa mesma festa projetassem num muro fotos de uma noiva toda borrada e rasgada pra contestar o casamento convencional e o papel da mulher geradora da vida?
Lucas: Eu diria pra você não me convidar pra essa festa no hospício.
Eu: kkkk.

Que bom que você pensa assim, Lucas. Que bom que você não me faz sentir uma ignorante que não entende nada de arte provocativa.

Lucas: Quer me conhecer pessoalmente amanhã?

Amanhã? Amanhã?? Amanhã???

Lucas: Ei... Você tá aí?
Eu: Sim.
Lucas: E aí? Já falei que não sou nenhum psicopata.
Eu: Já falei que nenhum psicopata admitiria que é.
Lucas: No shopping?
Eu: Sério?
Lucas: Seríssimo (com direito ao seu sufixo e tudo).
Eu: Caramba...
Lucas: Gabriela, não estou pedindo você em casamento nem nada. É só pra gente se conhecer, conversar, como pessoas normais fazem.
Eu: Eu sou uma pessoa normal.
Lucas: Eu também sou uma pessoa normal.
Eu: Nós somos pessoas normais.
Lucas: E você tá me enrolando...
Eu: Podemos conversar amanhã de manhã?
Lucas: Não entendo o seu medo.
Eu: Nunca fiz isso.
Lucas: Nem eu.
Eu: Tenho medo do que nunca fiz.
Lucas: Eu também.
Eu: E agora?
Lucas: Está nas suas mãos.
Eu: Tô caindo de sono.
Lucas: Ok, Gabriela. Boa noite.
Eu: Ei!
Lucas: O quê?
Eu: Não fica bravo. Entende, vai.
Lucas: Tô me esforçando. Eu não quero nada de mais. Só conhecer você, tomar um sorvete, um café, um suco, uma vitamina, qualquer coisa. Conversar pessoalmente, só isso. Só isso.
Eu: Posso responder amanhã?

Lucas: Escreve quando quiser.
Eu: Desculpa.
Lucas: Tudo bem.
Eu: Boa noite, Lucas.
Lucas: Abraço.
Eu: Beijo.

Ele não retribui o meu beijo. Que droga! Não sei por que estou resistindo tanto a conhecê-lo.

CHECANDO A AGENDA

— **P**orque você tem medo de que o Lucas de verdade não corresponda à sua fantasia — a Lorena diz.

Fico em silêncio, refletindo por um instante sobre a opinião dela. Estamos na minha casa, no meu quarto, esperando o almoço. Falei para minha mãe que teríamos companhia. Acho que ela imaginou que eu traria um namorado. Conheço meus pais: devem estar debatendo neste exato momento se eu virei lésbica. Na opinião deles, isso seria mais fácil de acontecer do que eu ter uma nova amiga.

É estranho chamar a Lorena assim. Estava tão acostumada a ter só a Júlia e isso ser o suficiente para mim. Mas elas se parecem nas opiniões. Quando ouço a Lorena dizer que tenho medo do verdadeiro Lucas, parece que a Júlia é quem fala comigo através dela. E provavelmente ambas estão certas.

Minha mãe avisa que a comida está pronta. Durante a refeição, tento fingir que somos a família margarina, como dizem, e evito discussões ou qualquer assunto que possa dar início a uma briga. Conversamos bobagens sobre a escola, contamos sobre a festa, minha mãe acha incrível e meu pai só um pouquinho excêntrica. Eles fazem o possível para que a Lorena se sinta à vontade e eu lembro por que a companhia deles me faz tanta falta. Depois do almoço, a Lorena diz que precisa ir porque já tinha um compromisso combinado com o pai. Não pergunto, mas, pelo pouco que ela conta sobre a família, imagino que os pais sejam separados.

Embora esteja ainda curtindo uma ressaca não alcóolica da noite anterior, decido estudar. No finzinho da tarde, quando saio do quarto para comer alguma coisa, encontro um bilhete da minha mãe. Eles foram ao cinema e não quiseram me incomodar e atrapalhar os meus estudos. E volto à minha realidade de famílianãotãoperfeita e aos meus sanduíches de sobras de almoço para tapar o buraco do estômago, porque o resto continua num vazio que só.

Sento no sofá para lanchar e zapeio alguns canais. Faz séculos que não vejo TV. Encontro um programa no History Channel sobre uma loja de penhores que recebe e vende todo tipo de objetos que possam ter algum valor para colecionadores. Um cara quer uma boa grana por um monte de medalhas de soldados que serviram na Segunda Guerra, e o vendedor chama um especialista para validar se são mesmo verdadeiras. Aparentemente são, então ele começa a barganha pelo preço. Nesse momento, vejo a luz do celular acesa. Mensagem. Do. Rafa. Moraes!!!

> Rafa: Oi, Gabizinha. Tudo bem com você?
> Eu: Oi, Rafa. Que surpresa.
> Rafa: Dormiu bem esta noite?
> Eu: Dormi... rs.
> Rafa: Teria dormido melhor se fosse comigo.

O quê? Que abusado! E que... metido! (Não consigo lembrar de nenhum outro sinônimo menos óbvio entre os que vi no dicionário.)

> Rafa: Pena que estou cheio de compromissos nas próximas semanas, porque adoraria te encontrar.
> Eu: Que pena...

Rafa: Nem me fale. Mas assim que eu tiver uma folguinha e estiver em São Paulo eu ligo pra você e marcamos um encontro.
Eu: Claro! Se eu estiver disponível, marcamos sim.

~

Fabinho: Não acredito que você disse para o RAFA MORAES que se estivesse livre sairia com ele!!! Você TEM que ficar livre pra sair com o Rafa Moraes. Cancele um compromisso com o presidente da República, perca a prova do Enem, adie a sua morte, mas nunca, jamais, never dê um bolo no Rafa Moraes.
Eu: Que drama, Fabinho.
Fabinho: Sério! Você não fez isso.
Eu: Fiz e faria de novo. Fica bancando o metido a besta comigo.
Fabinho: Você tem noção de que ele poderia escolher entre milhares de meninas muito mais interessantes, gatas e gostosas que você, fora os boys lindos, inteligentes e sarados que nem eu? E você praticamente deu um fora no cara?
Eu: Pensando desse jeito... Acho que caguei, né?
Fabinho: E fedido pacas.
Eu: Que nojo, Fabinho.
Fabinho: Bom, agora é esperar pra ver se ele volta a te procurar.
Eu: Ah, Fabinho... Quer saber? Não tô preocupada. Ele pode ter milhares de meninas pra escolher, mas e se eu não quiser mais ficar com ele?
Fabinho: Eu interno você.
Eu: Para! Tô falando sério. O cara acha que é incrível só porque fez um canal no YouTube e um monte de gente gostou. Isso não transforma ele no menino mais especial do mundo. Você está falando que nem a Júlia. Que saco! Vocês dois acham que sabem o que é melhor pra mim, mas não sabem. Droga! Boa noite.

DE VOLTA ÀS ORIGENS

Seu Toninho não chega e faltam só alguns minutinhos para o início da aula. Às vezes ele se atrasa, e eu nunca entendi por quê. É aposentado, mora aqui ao lado e ainda vem de carro, então não tem muitos motivos para chegar depois do horário. Se bem que, pensando agora, ele vem de carro. Esse é o motivo para sempre se atrasar. O fato é que já começo a sofrer, porque sem seu Toninho a aula não tem graça e meus passos são os piores que podem existir.

Voltamos ao soltinho, onde tudo começou, e nada do seu Toninho. Sem par, relembramos os passos diante do espelho. Perna direita para trás, bate o pé esquerdo no lugar, dois passos rapidinhos para um lado e repete tudo do outro.

Meu corpo está ali, eu sei porque vejo o reflexo dele no espelho fazendo quase tudo errado, mas a mente está na festa, no Rafa Moraes, no abraço do Lucas, nas conversas pelo celular, na Lorena que quer ser minha amiga, mas minha amiga era a Júlia e ela morreu e não pode me dizer o que fazer. Um, quatro, dois, seis, três, oito, cinco, sete. Ia perguntar para o seu Toninho: Vou me encontrar com o Lucas? Como ser amiga da Lorena se ela não é a Júlia? E se a Júlia ficar triste? E se o Lucas me decepcionar? E se o Rafa Moraes cair na real e parar de me desejar? Três, sete, um, cinco, oito, quatro, seis, dois. E se a Júlia nem existir mais? E se eu não aprender a dançar ou não me apaixonar? E se meus pais perceberem que a vida deles é melhor quando estão longe? E se você, seu Toninho, arranjar outro par? A redação sobre o luto é para a semana que vem, preciso começar e nem sei por onde. Oito, dois, cinco, um, sete, três, quatro, seis. E agora, seu Toninho? Cadê você?

A aula chega ao fim, nem sei o que fiz. Vou para casa sem ter relembrado o soltinho, sem ter conversado com o meu amigo e com a cabeça cheia de dor.

ANTAGONISMO

Falar sobre luto é falar sobre o nada. Luto é ausência, é vazio. Falar sobre luto é reconhecer que acabou. E está aí um paradoxo da morte: tem gente que é grande demais para ser finita.

Sobre mim, o que existe é o vácuo. Estou oca. Apesar do sangue que ainda corre, dos órgãos que cumprem suas funções de me manter desperta para realizar no automático as pequenas tarefas do dia a dia, apesar disso, o nada mora em mim. Consigo me alimentar, mas confesso que deixou de ser prazeroso. Posso tomar banho, mas não dá para lavar a alma. Durmo, mas os sonhos deixaram de existir. E às vezes parece que me falta o ar. Às vezes sinto como se não fosse possível levantar da cama. Às vezes acredito que não vou ser capaz de continuar. Quase sempre tenho vontade de desistir. E preciso seguir adiante, porque é o único caminho que há.

Sobre mim, eu não sou essa sujeita, essa que vive para sempre. Sou ordinária, trivial, comum. Mas a Júlia não. Ela era muito maior que o seu tamanho. Do time dos que merecem ser lembrados. E não se trata aqui de elevar os mortos a uma posição sagrada. Não. Santa era tudo o que a Júlia não era. Arrogante com alguns poucos momentos de modéstia. Autoritária com pequenas nuances de tolerância. Estúpida e, ao mesmo tempo, delicada. Amarga e muitas vezes doce. Complexa, tanto quanto uma pessoa pode ser. Em vez, então, de falar sobre o vazio, melhor é lembrar dos excessos. Porque exagero combina com ela. Cada canto da minha vida transborda a Júlia. Até há pouco eu não tinha memória de como eram as coisas sem ela. A Júlia está no meu quarto, que decidiu decorar. A Júlia está no meu armário, em cada roupa que me fez comprar. A Júlia está nas minhas opiniões, que ajudou a formar. Brigamos por tanta coisa que é até difícil enumerar: por causa do meu primeiro beijo, porque sempre tive poucos desejos, pelo meu mais ou menos, brigamos só por brigar. Para ela, antes ser péssimo que apenas bom. Já eu me contento com o razoável. Para a Júlia, melhor nem viver se for só para existir. E eu prefiro permanecer a inventar. Opostas complementares, éramos assim. E agora me falta a outra metade.

Falar sobre o luto é falar sobre o pior momento da vida, porque é a compreensão do fim. Por isso, então, me deixe o silêncio.

SELVAGEM

São nove e quarenta da manhã. Estou carregando uma mochila enorme, três vezes o meu peso. A condição que a Ana impôs para ir comigo ao acampamento foi eu levar a bolsa principal, com a barraca, itens de cozinha e toda a casa dela. A trilha é bem demarcada, mas de mata fechada em alguns pontos. Já passamos por troncos caídos, que quase me derrubaram, enfiei o pé direito numa poça e ganhei uma meia três-quartos de lama. A Ana caminha na frente, eu no meio e a Lorena logo atrás. O Fabinho não quis nos acompanhar. Nasceu para a mordomia e não para o perrengue, me disse. A Júlia ia amar isso tudo.

— Gabi, vamos acampar?

— Tá doida, Júlia? Acampar onde? Com quem?

— Sei lá... A gente descobre um lugar. Vamos eu e você, ué! A gente vai acabar conhecendo um monte de gente.

— Mas você sabe que eu não gosto disso, Ju. Detesto mosquito, dormir em lugar desconfortável, duro. Pra que se enfiar numa roubada dessas?

— Porque se enfiar em roubadas faz parte de ser jovem. Vamos, Gabi? Por favor?

— Não sei, Ju. Vou pensar, mas acho bem difícil...
— Poxa...

O dia está bonito e não faz tanto calor, apesar do início da primavera. Chegamos a um riacho e eu aproveito para tirar a mochila das costas, lavar as mãos, jogar água no rosto, na nuca e descansar um pouco. A trilha seria tranquila não fossem os novecentos quilos pesando nas costas. A Lorena se oferece para me ajudar a levar a mochila, mas o olhar da Ana me lembra do nosso acordo e tenho que recusar a oferta. Não sei se ela quer que eu aprenda algum tipo de lição e por isso fez essa exigência, ou se só é doida mesmo. Em se tratando da minha tia, a segunda opção se encaixa direitinho. Mas o negócio é que a Ana é vingativa e, se eu contrariá-la, é capaz de desistir, cair fora e largar a mim e a Lorena sozinhas no meio desta trilha que só sei que vai nos levar a uma praia de São Paulo, quase Rio, e que tem nome de planta.

Cinco minutos de trégua e seguimos a peregrinação para o tal lugar que a Ana gosta de chamar de sagrado. Depois de um tempo pensando em como realizaria o desejo de acampar, lembrei que a minha tia já tinha feito isso muitas vezes, que adora se meter no meio da natureza e passar dias comendo queijo coalho assado na brasa, tomando banho de cachoeira e fazendo xixi no mato. Nem precisei me empenhar muito para convencê-la. E, para nossa sorte, a folga dela calhou de ser em um fim de semana em que são Pedro acordou de bom humor.

Sinto as panturrilhas rasgarem com o esforço de subir um trecho um tanto íngreme do percurso. Estou exausta. Já estamos caminhando há mais de uma hora. Deixamos o carro em um estacionamento na praia de Fortaleza, em Ubatuba, e seguimos a pé para o Cedro. A cada passo, uma fisgada e um suspiro silencioso. A Ana me mandou parar de resmungar, então tomo cuidado para que ela não perceba que minha vontade é sentar na lama, cair no choro e só parar quando estiver em casa, de banho tomado e deitada na minha cama. Neste segundo, eu me dou razão por ter recusado tantas vezes o pedido da Júlia para acamparmos. Ao mesmo tempo em que me vejo sob tortura, percebo a Lorena curtindo o maior barato. Deve ser a endorfina atuando. Inveja dessa felicidade gratuita.

Vejo um galho jogado na margem da trilha e o pego para me escorar. Ele é útil — por três passos, quando arrebenta e me faz cair de cara no chão. Ok, exagero. Uso as mãos para segurar o peso do corpo e consigo evitar bater o rosto na terra, mas por pouco. Ana e Lorena se matam de rir e eu me sinto uma otária. Se não houver este item na lista da Júlia, eu mesma faço questão de acrescentá-lo aos desejos que preciso realizar: levantar a bunda do sofá e parar de me movimentar apenas por conta da inércia.

Já fui bem ativa, fiz muito esporte. A Júlia e eu jogávamos vôlei e íamos sempre ao Parque Villa-Lobos andar de skate, patinar ou pedalar. Só que no meio do ano passado abandonamos tudo, porque a nossa prioridade se tornou estudar. Eu achava fundamental enfiar a cara nos livros durante todo o meu tempo livre. Quanto antes eu começasse, melhor me sairia no Enem e no vestibular. A Júlia não era muito fã da ideia, mas consegui convencê-la a me acompanhar naquela rotina. Que durou pouco, porque tudo deu errado, nada saiu como eu queria. Não estudei o suficiente, na verdade praticamente abandonei o meu plano depois que ela morreu, e me tornei sedentária a ponto de não conseguir subir a porcaria de uma ladeira no meio do mato sem regurgitar os pulmões.

A vista aqui do alto é mesmo de tirar o fôlego — para quem ainda tem algum. E, enquanto estou ocupada tentando cumprir a quase impossível tarefa de encher o peito de oxigênio, Ana e Lorena sacam os celulares e cliques e mais cliques e selfies de ângulos diferentes, de todos eles e para todo lado. O ar entra devagar, demora a chegar ao cérebro, e peço ajuda antes que minha consciência escape. A Ana vem correndo, abre um dos dezoito mil compartimentos da mochila, pega um potinho com sal, escancara minha boca e coloca um pouco debaixo da minha língua. Então ela arranca a bigorna das minhas costas, me manda sentar, empurra minha cabeça para baixo e me manda fazer força para cima. Aos poucos recobro a visão. Minha pressão é muito baixa, sempre tenho essas quedas. Se fizer muito esforço, se passar muito calor, se ficar sem comer por muito tempo, se muito muita coisa. Já cheguei a desmaiar duas vezes. Escuto ao fundo a Ana dizendo: "Nossa, está pesada pra caramba, tadinha". E, de repente, uma garrafa d'água na minha mão, a Lorena molha meu pescoço e o mal-estar começa a passar. Levanto, observo a praia logo ali embaixo e então entendo por que é sagrado este lugar.

Inevitável não pensar na Júlia. Outra vez.

— Gabriela, vamos acampar no próximo feriado?

— Sério, Ju? Acampar? Por que a gente não vai pra casa do seu tio?

— Porque eu queria fazer alguma coisa diferente, pra variar. Já pesquisei, tem umas praias lindas que a gente podia ir, aqui em São Paulo mesmo. Pertinho.

— Ah, Ju... Putz, prefiro não. Vamos ficar em casa? Meus pais vão viajar e a gente podia passar o fim de semana todo vendo séries. A gente chama o Fabinho também e fica comendo brigadeiro.

— Nossa, Gabriela! Sério? Você jura que tá querendo dizer que ficar em casa vendo séries é mais legal que acampar numa praia deserta?

— Não esquece do brigadeiro de panela...

— Juro, não sei por que ainda sou sua amiga. — Ela riu, mas sei que estava um pouco decepcionada.

A Ana troca de mochila comigo e eu consigo, até que enfim, aproveitar um pouco da caminhada. Ao término da trilha nos encontramos com o mar. Cristalino, quieto, inspirando a calma de que minha alma precisa.

Na praia, só dois pássaros para nos fazer companhia. A Ana diz que é melhor montarmos acampamento próximo ao riacho. Embora a praia seja pequena, fica mais fácil para tomar banho. Ela dá as instruções, e a Lorena e eu a ajudamos a armar a barraca. Não sei se somos de grande valia, mas no fim dá tudo certo e já temos onde dormir.

Tiro a camiseta e o short e caminho até a beira do mar. A água está gelada e eu desisto de entrar. O riacho mais ainda, então prefiro sentar à sombra de uma árvore e esperar o calor diminuir. Minha tia e a Lorena não se importam com a temperatura e mergulham para tirar a energia ruim e se renovar, nas palavras da Ana.

— Gabi, vamos acampar no outro fim de semana?
— De novo essa história, Júlia?
— Jamais vou desistir de convencer você a aproveitar a vida. E a ser uma pessoa legal, né? — Ela tirou sarro de mim.

As garotas saem da água, se juntam a mim e ficamos batendo papo. A Ana faz à Lorena perguntas que eu não tinha feito ainda. E de novo percebo que estou preocupada demais comigo para pensar na vida das outras pessoas. Vergonha de mim. A Lorena conta que já mudou várias vezes de cidade por causa do trabalho do pai e que nunca teve tempo de estabelecer vínculos muito fortes e fazer grandes amigos. Sempre foi assim, desde a infância. E ela não vê a hora de entrar na faculdade e conseguir estágio. Não que isso seja garantia de deixar para trás a vida cigana, mas a Lorena acredita que vai ser mais fácil convencer o pai de que ela precisa se fixar em um lugar se quiser levar a sério os estudos. Eu, que imaginava que os pais da Lorena eram separados, descubro que ela perdeu a mãe cedo, quando tinha sete anos, e já passou por duas madrastas. Ela diz que ficar mudando de lá para cá foi a forma que o pai encontrou de justificar para si que não tem raízes, que não pertence a lugar nenhum, o que sempre facilita o término dos relacionamentos dele. A Lorena tem certeza de que ele ainda não superou a morte da mãe dela e por isso deu um jeito de sabotar os outros dois namoros. Da primeira madrasta ela gostava, era carinhosa, divertida, leve, mas o pai a traiu. A segunda era pegajosa, carente, cansativa demais, e ele também a traiu. Ela diz que lembra muito bem da mãe, das histórias que ela contava para fazê-la dormir, do macarrão com molho de tomate delicioso que preparava aos domingos, de como insistia para que a Lorena tomasse muito cuidado ao atravessar a rua e não conversasse com estranhos. No fim, estava querendo preparar a menina para fazer sozinha o trajeto para o colégio, que percorriam juntas, de mãos dadas, cantando músicas sem se importar se chamavam a atenção das pessoas pela falta de afinação. Ela acompanhou a filha à escola até o último dia em que conseguiu andar. Duas semanas depois, morreu, devorada pelo câncer. E a Lorena interrompe a história e faz questão de dizer algumas vezes, talvez vezes demais, que está muito feliz de estar ali com a gente. E então eu entendo por que ela quer tanto alguém com quem possa ter piadas internas. E penso nos meus pais. Em quanto estão fazendo coisas que me magoam, mas que bom que estão cheios de saúde e vivos, até para poder errar. Vou conversar com os dois assim que voltar. Pôr tudo em pratos limpos, como seu Toninho me aconselhou, no dia em que contei como me sentia em relação a eles.

A Ana tenta dar leveza ao clima que pesou e conta que conheceu o amor da vida dela. Um empresário bonitão que viajou para Londres na primeira classe. Ele é CEO de uma empresa de tecnologianãoseidasquantas e foi à Inglaterra para uma reunião de negócios. Quando a Ana foi lhe servir uísque, ele perguntou educadamente se podia pedir o número de telefone dela. Minha tia respondeu que não seria apropriado, já que estava trabalhando. No momento em que o empresário esperava pela bagagem na esteira, a Ana se aproximou e lhe entregou um papel com seu celular anotado.

— Meu expediente acabou — ela disse, sorriu e foi embora.

Na mesma noite, a Ana recebeu um telefonema do tal empresário, que se apresentou como Roberto. Ele a convidou para almoçar no dia seguinte e ela topou.

— Estou completamente apaixonada — ela conta.

— Mas e o francês? — pergunto.

— Está na França.

Rimos. O calor agora está forte. Decidimos dar um mergulho e, a caminho do mar, a Lorena vem com essa: nunca nadou pelada, e que gostoso deve ser.

— Eu também não — falo.

— Não acredito! — a Ana dá um grito. — Como vocês são caretas!

Ela tira o maiô, joga na areia e corre para o mar. A Lorena nem titubeia e faz o mesmo. Fico envergonhada e prefiro não abdicar do meu biquíni. Não sei ser uma pessoa livre, não sei ser espontânea, estamos sozinhas neste paraíso, que mal tem, e eu não sei aproveitar a vida, elas dizem. E a Júlia dizia também.

Fico chateada. Um pouco porque não lido muito bem com críticas. Um pouco porque elas têm razão. Um pouco porque eu queria ser diferente.

Saio antes do mar, deito na canga para tomar sol e me esquentar. Escuto um barulho no canto da praia. Parecem pessoas conversando. E são. Sai da trilha um grupo de cinco caras, rindo e falando alto. Olho para o mar e percebo Ana e Lorena entrando em pânico. Elas afundam, ficando apenas com a cabeça para fora da água, e fazem sinal com as mãos para que eu vá até elas. Levanto e sigo na direção contrária. Entro na barraca e escuto a Ana gritar por mim. Espero dois minutos — apenas o tempo de elas se arrependerem de reprovar meu comportamento —, saio, me espreguiço, pego um graveto e desenho na areia, olho para as duas, dou um tchauzinho e começo a caminhar em direção à água. A distância é bem curta, mesmo assim paro por alguns segundos, coço a perna, sigo até alcançar os biquínis jogados na areia, vejo os garotos recém-chegados, parados, observando a cena, balanço os biquínis para que eles tenham certeza do que está rolando, continuo a andar, até, enfim, levar as roupas de banho para dentro do mar. Ouço todos os xingamentos possíveis em silêncio. Meu sorriso é a melhor resposta que eu poderia dar.

As meninas vestem a parte de baixo primeiro e se ajudam, amarrando uma o top da outra. Afundam a cabeça para ajeitar os cabelos e saem da água, plenas demais para quem acabou de passar vergonha. Observo os garotos sorrirem e se aproximarem de nós.

— Bom dia — um deles diz.

— Oi — a Ana responde.

Faço um sinal com a cabeça, e a Lorena está envergonhada demais para fazer qualquer coisa além de existir. Os garotos devem ter uns vinte anos, não mais que isso. Um bem bonitinho pergunta se a gente se importa que eles armem as barracas perto de nós. A frase soa esquisita e damos risada. Constrangido, ele refaz a pergunta.

— Tudo bem se a gente montar nosso acampamento aqui do lado?

Não sei o que responder, então me calo. A Lorena continua apenas existindo e a Ana responde que não tem problema nenhum.

Estou morta de fome. Como vamos ficar aqui apenas um dia e meio, combinamos de trazer alimentos que não precisam de cozimento. Para o almoço temos sanduíches de frango desfiado com milho-verde, ervilha, cenoura, tomate e alface, que trouxemos prontos de casa. E maçã de sobremesa. Eu me sirvo de um lanche, ofereço para as meninas e comemos enquanto os garotos descarregam suas coisas e montam as barracas.

Confesso que preferiria apenas nós três aqui. Tenho preguiça de fazer novos amigos, sempre tive, aliás. Ao menos com a Lorena tem sido um processo natural. Gosto do jeito dela, e ela do meu. O fato é que estou um pouco desconfortável com esses garotos tão perto. A praia é pequena, mas tem espaço de sobra. Não precisavam grudar na gente. Viramos quase uma única turma que não se conhece, tipo viagem de excursão. Daqui a pouco alguém se levanta, diz o nome, a profissão, elenca seus hobbies e começamos todos a cantar uma música de boas-vindas. Fico um pouco emburrada, pego o livro *Nossos ossos*, indicação do Fabinho, mas não consigo me concentrar muito na leitura, apesar de estar achando a história de Heleno incrível.

Dou uma olhada nos garotos, que não param de falar e rir, e percebo que já estão com tudo arrumado. São rápidos, devem estar acostumados a acampar. Desvio a atenção para a Ana, deitada ao sol, com o peso do corpo apoiado nos cotovelos, pernas dobradas, olhos fechados e fones de ouvido, batendo o pé direito provavelmente fora do compasso da música, porque ela não tem absolutamente nenhum ritmo. Deve ser genético. A Lorena parece habitar outro planeta, apesar de estar ao meu lado, sentada sobre uma canga linda, estampada com formas geométricas e cores que eu jamais pensaria em combinar. A Júlia a transformaria em uma saia. Olho outra vez para os garotos e reparo que um deles está me observando. Finjo que não vejo e volto para o meu livro. Enquanto o Heleno vai até o IML tentar reconhecer, entre vários presuntos, o corpo do rapaz por quem já foi apaixonado, o gatinho senta na minha canga sem pedir licença, com um pacote de bolacha de chocolate na mão, e me oferece um *bixxxcoito*, com seu carioquês delícia. De repente ele já é maravilhoso, e descubro neste segundo que tenho uma queda absurda por cariocas. Quero aceitar o *bixxxcoito*, mas quero o que ele está comendo, quero arrancar de dentro da boca dele com a língua, quero que ele me beije, quero virar à milanesa, rolando com ele na areia, quero casar e ter três filhos lindos, dois meninos e uma menina, com cabelo de anjinho e olhos verdes, e como são fofos os nossos *filhinhoxxx*, a cara do pai! Me recupero do surto momentâneo e inesperado, agradeço e pego uma bolacha. A vontade é enterrar a cabeça entre as pernas para esconder que estou roxa de vergonha, mas imagino que ele acharia estranho. Finjo, sei lá por que, coçar o pé com a mesma mão que segura a bolacha, e só percebo depois como isso é nojento. Torço para que ele não tenha notado, acho que não, porque está contemplando o mar. Tem jeito de ser do tipo que aplaude o pôr do sol. Não me importo, porque ele é bonito demais para eu implicar com isso. Então me pego com a boca boba, mais aberta do que deveria, encarando o menino. Chacoalho de leve a cabeça e dou uma olhada em volta para ver se alguém reparou no movimento, e tenho vontade de dar um tapa na minha cara para parar de agir feito idiota.

— Como tu chama? — ele pergunta.

Henrique, Pedro e Luana poderiam ser o nome dos nossos *filhoxxx*.
— Gabriela. E você?
— Pedro.
Pedro Junior não rola. Bernardo.
— Tu vem sempre aqui, Gabriela?
— Não. É a primeira vez.
Mas eu poderia passar o resto da vida aqui com você.
— Gosto de primeiras vezes — Pedro brinca.
— Eu fico nervosa.
— Imagino — ele diz.
Que vergonha! Ele percebeu tudo o que eu fiz. Ele notou que sou uma otária. Tem certeza de que sou virgem, de que fiquei com poucos caras até hoje, de que não sei como agir diante da abordagem de um garoto, de que sou uma fracassada e minha vida se resume a escola, computador, escola, computador, escola, computador e um acampamento selvagem uma vez na vida, só porque a minha melhor amiga morta deixou uma lista de coisas que preciso fazer, simplesmente porque ela morreu.
— E você? Já acampou aqui antes? — pergunto.
— É a terceira vez que venho nessa praia. Mas acampo sempre por aí — ele responde.
O assunto acaba. Ele diz que vai dar um mergulho e pergunta se quero acompanhá-lo. Agradeço, mas declino.
Volto para o Heleno, que reconhece pela tatuagem o corpo de Carlos, seu primeiro namorado. O gatinho sai do mar, pega o pacote de bolacha que havia deixado na minha canga, dá um sorriso e se junta aos amigos. Bate uma preguiça, deixo o Heleno para mais tarde, me deito e durmo um pouco.
Acordo com o som de um violão e vejo o Pedro tocando e cantando Beatles. A Lorena sentou ao lado dele, e até a Ana está na rodinha com os meninos. Sou a única mais distante. Quero me juntar a eles, mas preciso fazer xixi. Estou constrangida de me enfiar mais para den-

tro do mato, porque todos vão perceber que fui ao "banheiro". Então, finjo que bateu aquele calor e vou até o mar. A água gelada me dá um baita arrependimento, mas agora é tarde para voltar atrás. Mergulho de uma vez para não sofrer a prestação. Enrolo um pouco, para disfarçar. Quando saio, sei lá por que, caminho como quem desfila numa passarela. Espero que ninguém esteja olhando. Sento ao lado de outro garoto da turma, em frente ao Pedro. A próxima música ele diz que é para mim. Meu rosto queima e, para piorar, ele começa a cantar.

— Por você, eu dançaria tango no teto, eu limparia os trilhos do metrô, eu iria a pé do Rio a Salvador. Eu aceitaria a vida como ela é, viajaria a prazo pro inferno, eu tomaria banho gelado no inverno.

Não sei o que acontece. Mesmo. Talvez seja porque estou me sentindo mais bonita e confiante, talvez o cabelão tenha aumentado a minha autoestima, talvez os envelopes da Júlia estejam me obrigando a fazer coisas que eu não faria e me oferecendo oportunidades que não existiriam sem eles. Talvez tudo isso junto. O fato é que fui mais paquerada nos últimos dois meses que no ano passado inteiro. E voumegabarporquenão: isso inclui um youtuberbarraatorsuperfamosoegatodemais.

Canto a música, amo, sei de cor. Canto olhando para ele, e de rabo de olho percebo a Ana me observando e sorrindo com a situação. Ai, que vergonha que dá. Ela é minha tia, afinal.

A rodinha de violão se estende até a hora do jantar. Estávamos preparadas para o nosso sanduba de pasta de grão-de-bico, picles e aipo — receita da Lorena — quando os meninos nos convidam para petiscar salame e jantar macarrão com atum. Grão-de-bico *versus* macarrão. Picles ou salame. Sinto muito, Lorena, mas seu sanduíche fica para outra hora qualquer. O Pedro pega um prato descartável e me serve. Aí senta ao meu lado, na minha canga.

— Quantos anos tu tem, Gabriela?

— Isso não é pergunta que se faça a uma garota — brinco.

Não quero falar a minha idade. Sei que ele é mais velho, pode me achar pirralha.

— Tu tá no ensino médio ainda, né?
Já era. Confirmo, balançando a cabeça.
— Eu tô no segundo ano da faculdade.
— O que você estuda?
— Cinema.
— Que demais! Eu quero fazer medicina.
— Legal.

O assunto morre mais uma vez. É difícil estabelecer um diálogo com ele. Acho que não temos muita coisa em comum, além do fato de ele estar na faculdade e de eu pretender entrar em alguma, de preferência no fim deste ano, e de estarmos no mesmo lugar por obra do destino — ou da Júlia. Mas, pensando que talvez o universo esteja a fim de me dar uma força, tento conversar um pouco mais e falo que a noite está linda e ainda bem que não faz frio. Aí me sinto uma tapada por puxar papo de elevador com o futuro pai dos meus lindos Bernardo, Luana e Henrique. Ele concorda e sorri. E não diz nada. Estou mesmo incomodada com a falta de vontade que esse menino demonstra de mexer a mandíbula e emitir sons. Vou tentar uma última coisa.

— Você sempre soube que queria estudar cinema?
— Não.
— Descobriu quando?
— Um pouco antes do vestibular.
— Como?
— Ah, pensei que eu gostaria de ficar o dia inteiro surfando e vendo filmes de surfe. Aí tive a ideia: por que não fazer meus próprios filmes de surfe?

Estou espantada com a quantidade de palavras que ele foi capaz de dizer de uma só vez.

— Faz sentido — respondo. — Eu quero ser médica desde criança.
— Legal.
— Você já foi pra São Paulo?
— Não.

— Eu também nunca fui pro Rio. Deve ser lindo lá.

— É...

Preguiça. Preguiça. Preguiça.

— Já volto. Vou lavar meu prato.

— É descartável, pode jogar fora. A gente trouxe um sacão de lixo pra isso mesmo. Vamos reciclar tudo, gata, não esquenta.

— Fico nervosa com prato sujo.

Mentira, só quero sair logo dali. Vou até o riacho e a Ana vem atrás de mim.

— Quer dizer que a minha sobrinhazinha linducha arrumou um namoradinho?

— Para, Ana. Que tonta!

— Vocês formam um casal lindo. Não precisa ficar com vergonha da titia, não. Pode dar uns amassos no gatinho.

— Vou falar a verdade, tia...

— Ana!

— Eu até queria ficar com ele, mas o menino é monossilábico, tô ficando com raiva.

— Você está num cenário paradisíaco, com um garoto lindo, que toca violão...

— Tocar violão! — interrompo. — Eu deixei esse desejo para a Júlia, acabei de lembrar.

Ela sorri e logo continua a tagarelar:

— Então, o garoto te dedicou uma música foférrima e você fica preocupada que ele não é muito de falar? Deixa a titia te ensinar uma liçãozinha: a última coisa que um garoto da idade dele quer fazer com uma garota da sua idade é conversar. Aliás, tenho duas coisinhas pra ensinar. A segunda é: você não precisa e não vai encontrar o homem da sua vida com quinze anos.

— Eu tenho dezessete.

— Tá, tanto faz. É permitido se divertir, sabia? E beijar um garoto, mesmo com a certeza de que não vai dar em nada, pode ser muito legal. Muito mais legal, inclusive. Escuta a sua tia aqui, que eu tenho experiência.

— Para de me tratar igual a uma criancinha, tia.

— Ana! — Ela aperta minhas bochechas e eu quero matá-la. — E escova esses dentes, peloamor, que você tá fedendo a atum.

LUA DE FADA

Sempre gostei do prateado que a lua cheia deixa no mar. Um dos encontros mais bonitos da natureza. Quando eu era criança, imaginava que no fim do caminho de luz vivia uma fada. E era ela quem acendia e apagava a lua. Quando estava feliz, o brilho era intenso. Se triste, tudo era escuro. Já perguntei para minha mãe, ela falou que a ideia surgiu da minha cabeça e que nunca me disse nada parecido. Até hoje acredito que alguma coisa mágica acontece por ali. É impressionante demais para as leis da física me bastarem.

Estou nas pedras, sozinha, quando Pedro senta ao meu lado.

— Tu tá bolada?

— Não sei. Eu tenho andado bem triste, na verdade. Mas acho que agora, neste exato momento, tô me sentindo bem.

— Tomara que seja porque eu tô aqui contigo.

Dou risada.

— Por que tu anda tão tristinha?

Conto sobre a Júlia. Ela ia amar este passeio, eu devia ter cedido a uma das centenas de vezes que ela me chamou para acampar. A Júlia morreu sem ter experimentado isso que estou vivendo agora. Eu a privei de algo incrível que ela não vai mais ter a chance de fazer. Nunca mais.

— Deve ser barra perder um amigo assim.

Eu não queria, mas não suporto e começo a chorar. Pedro me abraça e enxuga minhas lágrimas. Deito a cabeça no ombro dele. Não temos mais assunto e isso deixa de me incomodar. Ele acaricia meu ombro, levanto o rosto, olho para ele, ele para mim. Ganho um beijo na testa, na bochecha, na outra, no canto dos lábios. Encostamos as bocas, deixamos que as línguas se digam alô e se entendam melhor que as palavras.

MELHOR ESTRAGA

Ainda estamos nas pedras, o violão parou de tocar, as vozes vão sumindo. Pedro é carinhoso, delicado e não paramos de nos beijar. A Ana tinha razão. Ele nunca vai ser o amor da minha vida, e tudo bem, porque vai ser para sempre uma lembrança gostosa demais.

Quando o que sobra é só o barulho do mar, Pedro me convida para ir à sua barraca. Não vou mentir, dá vontade. Estou me permitindo tanta coisa, por que não aceitar?

— Não sei — digo.

— Tudo bem se tu não quiser. Eu entendo.

— Não que isso que está acontecendo não seja especial, porque é pra caramba. Pode parecer bobagem, mas essa pequena coisa, de acampar em um lugar lindo assim, está sendo uma experiência incrível pra mim. Algo que eu nunca tinha feito e provavelmente não faria se não fosse... Finalmente decidi fazer e está sendo tão bom. E, não sei...

— Tu não quer correr o risco de estragar tudo, né?

— É muito maluco pensar assim?

— Claro que não. Apesar de que eu garanto que tu não vai se arrepender nem um pouquinho.

E, para tentar me persuadir, Pedro me dá o beijo mais gostoso e mais intenso que já provei. Melhor que o do Rafa Moraes.

— Jogo sujo — falo, ainda de olhos fechados e dando selinhos nele.

— Cada um usa as armas que tem.

— Pedro, eu prefiro não...

— Tudo bem. Mas a gente pode ficar aqui mais um pouquinho, não pode?

— Já deve ser bem tarde.

— E por acaso você tem algum compromisso de manhã?

— Acho que não.

Quando percebemos, o sol está surgindo sobre a água. Estou feliz, e fazia um bom tempo que não me sentia assim.

A volta na trilha é bem mais tranquila. Sem os lanches e garrafas de água, conseguimos distribuir melhor os itens do acampamento entre as mochilas e aliviar o peso de cada uma. Durante todo o percurso, a Ana brinca com o fato de eu ter ficado com o Pedro e a Lorena com um dos outros meninos, chamado Breno. Não me importo, porque foi tudo gostoso demais. Provavelmente vou "não" conversar com Pedro algumas vezes, até que, aos poucos, a gente esqueça e deixe de "não" se falar de uma vez. E vai ser um processo tranquilo, porque nós dois sabemos que não fomos feitos um para o outro e que vamos ter sempre aquele sábado à noite para recordar.

Assim que chego em casa, anoto na folhinha: "Aplausos mudos para o sol".

Obrigada, Júlia. Eu amo você.

I DO

Eu: Eu aceito.
Lucas: E fomos felizes para sempre...
Eu: Bobo.
Lucas: Sério? Você topa?
Eu: Topo. Mas tem que ser num local público, durante o dia, e eu vou levar um guarda-costas.
Lucas: Acho a parte do guarda-costas exagerada, mas tudo bem.
Eu: Quando?
Lucas: Quando?
Eu: No sábado?
Lucas: Onde?
Eu: Onde?
Lucas: No parque?
Eu: No Shopping Villa-Lobos?
Lucas: No shopping. A que horas?
Eu: Às três?
Lucas: Combinado. Vou parar de escrever antes que você mude de ideia. Abraço.
Eu: Melhor mesmo. Abraço.

BATE, CORAÇÃO

Confesso que estou desanimada, saio de casa com preguiça e caminho mais devagar que o normal para me atrasar de propósito para a aula de dança. A verdade é que encontrei forças para arrastar as pernas até a escola só porque tenho saudade do meu vozinho postiço. Já faz mais de quinze dias que não o vejo. Preciso lembrar de anotar o celular dele e ensiná-lo a usar o WhatsApp.

Não sei por quanto tempo ainda vou precisar frequentar essas aulas. A Júlia não especificou, disse apenas que preciso aprender a dançar. Pelo jeito pode levar a eternidade. Talvez eu chegue à idade do seu Toninho sem saber o soltinho, a julgar pela última semana. *Uma música inteira que eu dance razoavelmente bem, não importa o ritmo, será meu passaporte para bem longe deste lugar*, penso ao entrar na Passo a Passo.

Cumprimento Bete, a recepcionista, subo as escadas até o salão e vejo Émerson, o ator, Tereza, a ruiva, Luzinete, a boneca russa, Sandra, a aluna nova, e Denise, a professora. Nada do seu Toninho.

O ritmo é novo — para mim, pelo menos. Forró. Como estou atrasada, a professora repassa tudo e bota a música no início outra vez. Um passo para a direita, junta a perna esquerda, outro passo na mesma direção, a perna esquerda acompanha. Para ficar mais fácil, Denise diz:

"Pisou juntou, pisou juntou". Repete tudo para o outro lado. Perna direita para trás, transfere o peso do corpo para a perna esquerda, ainda parada no mesmo lugar, e volta a perna direita para a frente. Perna esquerda dá um passo adiante, perna direita fica no lugar, transfere o peso do corpo para a direita, volta a esquerda para trás. Claro que me atrapalho toda, mas hoje estou preocupada demais com seu Toninho para me importar. É estranho o sumiço dele, e não consigo parar de pensar no que pode ter acontecido. Com a cabeça lá na casa da dona Mirtes, acabo acertando os passos do forró. Olha só, seu Toninho, está dando certo não pensar na dança. O senhor ia se orgulhar.

A aula chega ao fim e estou menos frustrada. Pergunto para Denise sobre seu Toninho.

— Ele costuma avisar quando não vem. E faz dias que não tenho notícias.

Agradeço e me despeço. Estou muito aflita, não vai dar para esperar pela próxima semana. Desvio meu caminho e vou até a casa do seu Toninho. Toco a campainha e ninguém atende. Insisto e não há resposta. Tento o vizinho. Uma senhora na faixa dos sessenta e poucos anos aparece na janela. É simpática, sorridente. Mas muda a expressão quando pergunto por seu Toninho e dona Mirtes.

— Você é parente? — ela quer saber.

— Só uma amiga do casal.

— Eles estão no hospital. O Toninho teve uma parada cardíaca. Veio ambulância e tudo. A Mirtes tem aparecido de vez em quando, só pra pegar uma muda de roupa.

Minhas pernas amolecem. Preciso me escorar no portão da mulher. A vista está querendo sumir, fecho os olhos.

— Você está bem? — ela pergunta.

— Minha pressão...

Ela vem correndo, abre o portão, me ajuda a entrar na casa. Diz para eu me sentar e traz um copo d'água. Peço, se não for incômodo, um punhado de sal. A mulher corre até a cozinha e volta num pulo com o saco todo na mão. Sorrio, agradeço e coloco uma pitada debaixo da língua. Estou voltando ao normal e pergunto mais sobre seu Toninho. O que ela sabe é que ele enfartou, estava melhorando, mas pegou uma infecção brava e teve que voltar para a UTI. Pergunto onde está internado e ela anota o nome do hospital numa folhinha tirada do bloco ao lado do telefone. Diz que gostaria de visitá-lo e talvez vá no fim da semana. "Será que até lá ele não volta pra casa? Vamos rezar para que sim", e a senhora faz o sinal da cruz.

BIP BIP BIP

Demoro um pouco para descer do carro. Minha mãe fica sentada no banco do motorista, olhando para mim. Contei a ela sobre a minha amizade com seu Toninho e pedi que me acompanhasse até o hospital.

— Quer mesmo fazer isso? — ela pergunta.

Respondo que sim. Só preciso de um pouco de coragem.

— Não tem que ser forte o tempo inteiro, filha. Tudo bem ter medo.

É a primeira vez que ela me diz alguma coisa assim desde que tudo aconteceu. Gosto de ouvir.

Ela abre a porta, dá a volta pela frente do carro, segura a minha mão e me ajuda a sair. Entro no hospital, ainda de braço dado com ela. A última vez que estive em um local como este foi quando a Júlia morreu. Mesmo sendo em hospitais diferentes, parece que ainda posso vê-la deitada na cama, ligada a vários fios e aparelhos.

Minha mãe e eu nos identificamos na recepção, subimos três lances de escada, caminhamos por um corredor branco com piso cinza e uma lista azul-escura no chão. Ao fim, uma porta anuncia a unidade de terapia intensiva. Pergunto a uma enfermeira se pode nos ajudar, explico que a esposa do seu Toninho provavelmente está com ele na UTI e não vamos conseguir entrar se ela não vier até aqui nos receber.

— Por favor, diga que é a Gabriela, amiga do seu Toninho.

Gentil, a enfermeira atravessa a porta e ficamos, eu e mamãe, de pé no corredor, aguardando uma resposta. Pouco tempo depois, dona Mirtes vem ao nosso encontro. Está com a aparência exausta, como se não dormisse há dias, e tem os olhos inchados. Quando me vê, sorri e me abraça. Não vejo mais aquela mulher forte, divertida; enxergo apenas uma senhorinha frágil, cansada, entregue. Imagino o pior ao percebê-la chorando em meus braços.

— Você viu, minha filha? Você viu?

— Como ele está, dona Mirtes? — Não consigo segurar o choro também.

— Não sei... Os médicos não dizem direito, eu não entendo.

— A que horas eles vêm conversar com a senhora?

— Agora mesmo, depois da visita.

— Eu e a minha mãe vamos falar com eles, fica tranquila. — Seco as lágrimas.

— Obrigada, querida.

— A senhora se importa se eu entrar um pouco?

— Claro que não. Conversa com ele. Uma enfermeira disse que ele pode ouvir o que a gente fala. Outros disseram que não tem como saber, mas eu acredito na moça.

— Mas ele está em coma? — pergunto, assustada.

— Não, coma não, mas ele não abre os olhos, não acorda. Faz dias que está assim. Depois da cirurgia no coração ele estava ótimo, foi pro quarto, ficou até nervoso porque queria ir pra casa, brigou com o médico e tudo. Aí, deu dois dias, começou a ficar mais caladinho, só queria dormir e dormir, até que não abriu mais os olhos.

— Tadinho... — falo. — Dona Mirtes, a senhora fica aqui com a minha mãe que eu vou lá puxar a orelha dele.

Passo pela porta e tudo me vem à cabeça outra vez. O telefone de casa tocando, e se ele toca é engano, alguma instituição pedindo doação ou a minha avó, que mora em Natal, querendo saber se está tudo bem. Eu gritando do meu quarto para o meu pai atender, ele dizendo que está no banheiro, minha mãe falando que não consegue porque está com o fogo aceso na cozinha. Demoramos um pouco e ele para de tocar. Logo em seguida chama de novo e minha mãe atende, xingando a mim e ao meu pai porque tudo sobra para ela naquela casa.

— Calma, não estou conseguindo entender. Fala um pouco mais devagar, Lili.

Ouço o nome da tia Lili e vou correndo para a sala.

— Onde vocês estão? — minha mãe pergunta. — Onde?

— O que foi, mãe? Aconteceu alguma coisa?

— Um acidente... A Júlia... Vamos pro hospital.

∽

Encontro a baia do seu Toninho. Ele está de olhinhos fechados, respirando normalmente. Tem alguns fios presos ao corpo, monitorando os sinais vitais, e um acesso na mão esquerda, por onde recebe soro. *Bip bip bip.* O rosto da Júlia está machucado, alguns cortes, um aparelho sobre a boca que respira por ela, também tem uma cânula presa à mão, por onde o soro entra. Fora isso, parece que está dormindo. Ela precisou fazer uma cirurgia, porque o baço rompeu com a pancada. Estava com o cinto de segurança, mas foi tão violento que também teve traumatismo craniano, está em coma e os médicos não sabem ainda como vai reagir, se haverá sequelas. Disseram que as primeiras vinte e quatro horas são cruciais para a sua recuperação. *Bip bip bip.* Seguro a mão do seu Toninho. Está quentinha.

— Bem que eu estranhei o senhor ter desaparecido da aula. Que brincadeira mais boba essa que tá fazendo com a dona Mirtes e comigo, seu Toninho!

— Ei, que palhaçada é essa, Júlia? Acorda logo, levanta daí, temos um monte de coisa pra fazer.

— Prometi para a dona Mirtes que ia dar uma bronca no senhor. Onde já se viu?

— O seu pai tá preocupado. Tá arrasado, na verdade. E a sua mãe, então! Sabe como é a dona Lili, né? Desesperada. Então deixa disso e vamos logo pra casa. — A essa altura minha voz já falhava.

— Sabe, seu Toninho, eu acreditei mesmo que a Júlia ficaria boa. Tinha certeza de que ela voltaria pra casa. O senhor não pode fazer a mesma coisa comigo, seu Toninho. Não vou aguentar passar por isso de novo. O senhor tem que ficar bom. Eu preciso aprender a dançar e não dá pra fazer isso sozinha. Por favor, seu Toninho. O senhor tem que dançar com a dona Mirtes no aniversário de casamento. O senhor me contou, faltam poucos meses, seu Toninho.

— Ju, seria bom se você conseguisse lembrar de tudo o que você tá pensando agora, porque, quando você acordar, eu quero que me conte exatamente como é. Morro de curiosidade pra saber se é tipo um sonho, se você pode me escutar...

— O coração está ótimo, seu Toninho. Eu posso escutar ele batendo daqui, a esta distância. Se curou o coração, o senhor vai se abater por causa de uma bacteriazinha, seu Toninho? O que é um negocinho microscópico perto de um coração? Um coração, seu Toninho! Imagina, é ele que faz funcionar tudinho, e o seu tá perfeito de novo. Melhor que o meu, que tá todo arrebentado.

— Sabia que você tá linda, mesmo deitadinha aqui, com essa camisola ridícula? Se fosse eu que estivesse aí no seu lugar, você já teria dado um jeito de pedir pras enfermeiras me vestirem com alguma coisa mais bonitinha. Tô até escutando você dizer: "Só porque a pessoa tá doente, ela não precisa estar horrorosa". — Eu não conseguia mais controlar o choro.

— E tem outra coisa, seu Toninho. O senhor não pode deixar a dona Mirtes sozinha. Tem que ver a carinha dela. Tadinha. Olha, se o senhor ficar bom, eu prometo que vou visitar a tia Lili, o tio Beto e o Matheus. Está prometido. O senhor não pode ver, mas eu beijei meus dedos cruzados. Pra selar a promessa. Não tem mais como voltar atrás.

— Vê se fica boa logo, porque esse negócio de hospital não é legal. Amanhã eu volto pra gente conversar. Tenho certeza que você já vai estar falando pelos cotovelos, que nem sempre. Quer que eu traga alguma coisa? Um livro? Ah, vou dar um jeito de achar o seu celular, descobrir onde ele foi parar nessa confusão toda. Quando eu encontrar, checo se não tem nada comprometedor e apago antes de a tia Lili fuçar, porque a gente sabe que ela vai fazer isso. Tchau, amiga. Melhora rapidinho, tá?

— Por favor, seu Toninho, por favor, seja forte, o senhor é tão forte, fica com a gente, seu Toninho, por favor, fica. O seu coração tem que remendar o meu. — Não consigo segurar e volto a chorar sobre o peito dele.

Bip bip bip. Acabo de sair da UTI, porque sei que a tia Lili e o tio Beto querem dar um beijo na Júlia para se despedir. O horário da visita está acabando e eles só podem vê-la novamente à noite. *Bip bip bip*. Beijo a mão do seu Toninho e volto ao saguão. *Bip bipiiiiiiiiiiiiiii...* Alguns médicos e enfermeiros passam correndo por mim e entram na UTI. Estão agitados, falam coisas que não entendo. Estou paralisada, ainda em pé no corredor, fecho os olhos e sei que é ela. Saí do lado da Júlia certa de que tudo ia ficar bem, mas, quando os médicos entram correndo, de alguma forma eu sei que é a minha amiga que está indo embora. Tento lembrar se a beijei antes de sair, não consigo. Acho que não disse que a amava, que ela não podia me deixar porque eu não seria nada sem ela, que eu não aguentaria viver se o pior acontecesse. Acho que não me despedi do jeito que deveria, não disse um monte de coisas lindas, não falei como ela era importante para mim. E ainda ouço os médicos, eles continuam agitados, e o *piiiiiiii* não para de tocar. Eles estão dando cargas fortes, aumentando a voltagem, e o *piiiiiiii* continua a incomodar meus ouvidos. Estou parada ainda, sem me mover, não sei o que fazer, *piiiiiiii*, Júlia, minha amiga, por favor, não faça isso comigo, não vá embora, não me deixe sozinha, temos tanta, tanta coisa para viver, *piiiiiiiii*, não pode ser a Júlia, e eu não consigo de jeito

125

nenhum lembrar se falei que ela é uma das pessoas mais importantes para mim, que é minha irmã e que nada faz sentido sem ela, *piiiiiiii*. Não quero chorar mais, porque pode ser que não seja a Júlia, pode ser outra pessoa qualquer que estava lá dentro, *piiiiiiii*, sinto as lágrimas descerem quentes pelo meu rosto, enxugo porque não deve ser a Júlia, não é a Júlia, *piiiiiii*, eu imploro, Júlia, por favor, não seja você.

Piiiiiiiiiiiiiiiiiiiiiiiii.

SONHO DE VALSA

Esperamos para conversar com um médico. Explicamos que não somos da família e que seu Toninho só tem a dona Mirtes e ela está muito nervosa, sem entender exatamente o que está acontecendo. Mas o médico apenas confirma o que dona Mirtes havia contado para a vizinha. Ele diz que correu tudo bem na cirurgia, que colocaram ponte de safena e o coração está funcionando perfeitamente, mas seu Toninho pegou uma infecção forte e não está respondendo aos antibióticos da forma que eles esperavam. Não há comprometimento de nenhum órgão ainda, e agora é torcer para que as drogas surtam efeito. Pergunto se dona Mirtes ainda tem alguma dúvida e ela só quer saber se o marido vai ficar bom.

— Estamos fazendo o possível, dona Mirtes. O seu Toninho precisa nos ajudar.

Ao me despedir dela, digo que tive uma ideia.

— Assim que o seu Toninho for pra casa, a senhora vai comigo nas aulas de dança. Vamos fazer uma surpresa pra ele no aniversário de vocês. Vocês vão dançar uma valsa juntos. O que acha?

Dona Mirtes sorri e diz que vai ser o melhor presente de casamento que ela poderia dar para o marido.

SOCORRO

Chego em casa e vou direto para o quarto. Não digo nada quando minha mãe pergunta se estou bem. Existe mesmo a necessidade de resposta? É evidente que não. Não estou bem. Estou péssima. Odeio tudo o que está acontecendo, odeio a minha vida neste momento, odeio a sensação de que isso não vai passar nunca, odeio pensar que vou perder todos que amo. E odeio que me perguntem se estou bem quando a minha vulnerabilidade é de ofuscar a vista. Eu me jogo na cama e choro até a exaustão.

Estou me sentindo mole, um pouco sem ar. Saio do quarto e vejo que meus pais já estão dormindo. Vou até a sala, abro a adega, procuro o saca-rolhas. Não sei exatamente o que estou fazendo, mas não paro. Com bastante esforço e zero destreza, consigo tirar a rolha da garrafa. Dou um gole no gargalo e acho horrível. Não paro mesmo assim. Continuo sem ter certeza do que estou fazendo, mas não sou besta a ponto de não saber que o álcool entorpece. E é isso que eu quero. Preciso anestesiar o cérebro. Tenho que paralisar os pensamentos.

Começo a me sentir tonta, mas não paro mesmo assim. Volto para o quarto com a garrafa de vinho, ligo o som e começo a dançar.

— Você não queria que eu dançasse, Júlia? — falo, olhando para o teto. — Olha como eu sei dançar o soltinho.

— Também sei forró, quer ver? — Faço os passos que aprendi na academia.

— Rockabilly, Júlia! Eu sei, ó como eu sei. Aposto que você nunca imaginou que eu aprenderia a dançar rockabilly, Júlia. Rockabilly!

Abro a janela do quarto para tomar um ar. Olho para baixo e penso que seria legal saltar de paraquedas agora.

— Será que dá tempo do paraquedas abrir se eu pular do décimo quarto andar, Júlia? Eu tentaria se tivesse um paraquedas aqui comigo. Duvida?

Dou mais um gole. Sento na cama e volto a chorar. Levanto para aumentar o som, mas não danço. Meu estômago está embrulhado. Meus pais entram no quarto. Vomito ao olhar para eles.

VOCÊ DIZ QUE SEUS PAIS NÃO TE ENTENDEM

Mal abro os olhos e vejo minha mãe sentada na cama.
— André, ela acordou! — ela grita, e eu tapo os ouvidos.
Estou me sentindo péssima. A cabeça dói demais e o enjoo não passa. Meu pai entra no quarto e senta ao lado dela. Ambos me olham sem dizer nada.
— O que foi? — pergunto.
— A gente está esperando você contar o que está acontecendo — meu pai diz.
— Caramba! Eu preciso mesmo falar alguma coisa?
— Precisa, Gabriela — minha mãe responde e começa a chorar.
Eu me sento na cama.
— Bom, já que pediram. — E derramo tudo o que está prestes a transbordar de mim.
Falo de quanto eles estão ausentes da minha vida, relapsos, até. Nunca imaginei que me abandonariam no momento em que eu mais preciso deles. Falo do meu desespero, da minha dor, da falta de perspecti-

va, do medo, da angústia de não poder compartilhar nada disso com a Júlia ou com eles. Me sinto sozinha. Absoluta e completamente só.

— Filha, eu não queria que você pensasse que te abandonamos. — Minha mãe continua chorando e segura a minha mão.

— Querida, a verdade é que estamos tão perdidos quanto você — meu pai confessa.

E me lembra de quando eu pedi que me dessem espaço, que me deixassem sozinha porque estavam me sufocando, e não havia nada que eles pudessem dizer ou fazer para aliviar a minha dor. Eu me recordo de algo parecido, mas não sei se foi exatamente assim. Então ele reproduz as palavras que eu disse na ocasião: "Eu quero vocês longe de mim neste momento. Respeitem isso, por favor. E parem de ter dó de mim! Vão viver a vida de vocês normalmente e me deixem em paz! E sozinha, de preferência". Meu pai ainda tentou argumentar que eu estava muito nervosa e que não era o que eu queria de verdade, mas eu garanti que, se precisasse, procuraria os dois.

— A gente não sabia direito como agir, filha. — Minha mãe aperta a minha mão. — Teve vários dias que a gente pegava o carro e ficava dando voltas pelo bairro, com o coração na mão, só para te dar privacidade. Quase toda vez era assim, na verdade. A gente nem tinha para onde ir.

— Não acredito nisso.

— Juro! O jantar com a Suzana? Mentira! Ela estava em um retiro não sei das quantas procurando o verdadeiro eu interior e essas baboseiras que me tiram a paciência. Algumas vezes nós fomos mesmo jantar com ela, mas a maioria era mentira.

Minha mãe ainda conta que, no dia em que eu saí de casa às cinco e pouco da manhã, ela estava aflita e pediu que meu pai ficasse de longe me observando no ponto de ônibus. Pouco tempo depois a Ana ligou para ela, avisando que eu ia encontrá-la.

— Ela contou sobre o paraquedas? — pergunto.

— Sim, e eu quase surtei de preocupação até você voltar pra casa. Ela me ligou no momento em que você entrou no avião e ficou falando comigo até você estar a salvo, com os pés no chão.

— Eu achei que ela estivesse dormindo... E vocês viram quando eu cheguei em casa?

— Claro que sim! Eu não preguei os olhos desde que você saiu.

— Então por que você veio aquele dia me perguntar sobre o salto?

— Se você soubesse que a gente já sabia, voltaria a se sentir superprotegida, que era tudo o que você berrava pelos quatro cantos que não queria. A verdade é que eu achei que você estava indo bem, filha. Saltou de paraquedas, começou as aulas de dança, fez uma nova amiga, acampou no fim de semana.

— Vocês estavam acompanhando tudo, então?

— Lógico — meu pai responde. — Chegamos a comentar que você estava dando uma pirada, fazendo coisas que nunca tinha imaginado e que nunca soubemos que queria fazer, mas achamos que era o seu jeito de encarar o luto. Às vezes a gente precisa fazer coisas malucas pra entender que ainda está vivo, sabe? Porque a sensação é de que acabou, de que morremos também.

— O que mais vocês sabem?

— Tem mais coisas pra saber? — mamãe pergunta. — Eu vejo o que você escreve no calendário na geladeira, mas não entendo direito.

Solto a mão dela e pego os envelopes sobre o criado-mudo.

— O que é isso? — papai pergunta.

— Olhem os que estão abertos.

E minha mãe lê um por um os bilhetes guardados em cada envelope.

— "Saltar de paraquedas", "Fazer aula de dança", "Se apaixonar", "Distribuir abraços na Paulista", "Acampar num lugar selvagem." Não estou entendendo...

Explico sobre a lista da Júlia e conto que estou cumprindo cada um dos desejos que ela deixou para mim.

— Só a Júlia mesmo pra ter uma ideia maluca dessas. — Minha mãe sorri, mas os olhos se enchem d'água outra vez.

— Eu sei... — Sorrio também.

— E você já se apaixonou? — meu pai pergunta, torcendo os lábios.

— Isso ainda não. Não sei como vou cumprir esse desejo.

— No tempo certo ele vai ser realizado. — Minha mãe pisca para mim. — E os envelopes fechados?

— O acordo é que eu só posso saber o que tem no envelope seguinte depois de cumprir o desejo anterior. Só abri exceção para a parte de me apaixonar, porque não é uma coisa que acontece de uma hora pra outra. Pode levar anos, pode não acontecer nunca. Acho que a Júlia concordaria comigo.

— Tenho certeza de que você vai se apaixonar um dia, e também de que a Júlia não se importaria por você pular esse desejo. E você ainda não abriu outro envelope por quê? Já cumpriu o do acampamento selvagem. Está na hora de ver o próximo, né? — mamãe diz.

— Às vezes eu quero terminar logo essa lista, mas às vezes parece que, quando eu cumprir o décimo desejo, a Júlia vai deixar de existir de uma vez.

— A Júlia jamais vai desaparecer da nossa vida, filha — papai me consola. — Vamos lembrar dela para sempre, com muito carinho e amor.

Já que estamos esclarecendo as coisas, decido perguntar sobre a tia Lili e o tio Beto. Meus pais acham que eu devo, sim, procurá-los, mas entendem que preciso fazer as coisas no meu tempo.

— Não gosto nem de imaginar, mas, se fosse o contrário, eu ia ficar arrasada se a Júlia não procurasse mais a gente. Nós dois amamos muito ela, como se fosse uma filha. Tenho certeza de que a Lili e o Beto sentem o mesmo por você — minha mãe diz.

— Mas vocês também nunca mais foram na casa deles — retruco.

— Eu ligo pra Lili quase toda semana, e ela sempre pergunta de você e diz que está com saudade. Já te falei isso.

É verdade. Eu não fazia ideia de que a minha mãe e a tia Lili se falavam toda semana, mas sabia que elas conversaram algumas vezes depois da morte da Júlia e que a mãe dela perguntou por mim nessas ocasiões. Minha mãe me diz para pensar com carinho no assunto, porque a tia Lili e o tio Beto merecem que eu continue a fazer parte da vida deles.

Por fim eles me dão um beijo e um abraço e se despedem, porque precisam ir trabalhar. Eu já perdi a aula mesmo, portanto vou voltar a dormir e tirar o dia para descansar.

— Ah, mas o que aconteceu na noite passada... — papai diz antes de fechar a porta do quarto. — Você está de castigo.

— Ei, pai! — eu o chamo antes que ele saia, e ele estica os olhos para dentro do quarto. — Qual é o meu castigo?

Ele pensa por alguns segundos.

— Não sei ainda. Isso é novidade pra mim. — E sorri.

Claro que é. Nunca na vida eu dei motivo para que eles me punissem de alguma forma.

É, Júlia... E nem precisou colocar isso na lista. Bom, *ainda* não. Vai saber.

QUEM É VOCÊ

A semana está chegando ao fim, seu Toninho continua na mesma e eu não estou com a menor vontade de encontrar o Lucas. Não sei como dizer isso a ele. Se eu desmarcar, talvez ele desista de mim de uma vez. Já está chegando a hora de sair de casa, ainda não tomei banho, não almocei, não sei com que roupa eu vou...

> Eu: Lucas, desculpa, não estou me sentindo bem. Vou ter que desmarcar hoje.

E me lembro do abraço, do cheiro, das conversas, do moreno sério, que menino lindo. Apago a mensagem antes de enviar. Estou triste, mas sei que seu Toninho ficaria também se soubesse que eu deixei de encontrar uma pessoa importante para mim porque ele estava no hospital e não havia nada que eu pudesse fazer. A não ser visitá-lo esta noite mais uma vez.

Começo a me preparar para o encontro. Tem uma banheira em casa, que devo ter usado umas quatro vezes na vida, todas na semana em que ela foi instalada. Hoje decido que mereço.

Eu: Lucas, tudo bem? Vou me atrasar um pouquinho. Vamos marcar às 4 horas?

Encho a banheira, encontro sais de banho, provavelmente com a data de validade vencida, jogo um pouco na água. O cheiro ainda é bom, então viro o potinho todo. Acendo umas velas, apesar de o sol ainda iluminar bastante o banheiro, vou até a cozinha, coloco guaraná em uma taça de champanhe, pego uns morangos e meu celular. Monto todo o cenário e me dou conta de que pareço estar vivendo meu dia de noiva. Bebo o refrigerante de uma vez, apago as velas, como dois morangos e levo o resto de volta à cozinha. Agora me sinto menos patética, embora com um pouco de vergonha de mim mesma. Entro na banheira ao som de Shawn Mendes, fecho os olhos. E durmo.

Acordo assustada. Olho o celular e já são cinco para as quatro da tarde. Levanto da banheira e vejo que o Lucas não recebeu minha mensagem. Merda, merda, merda. Tento ligar e dá caixa postal. Eu me visto tão rápido que nem sei a roupa que pus, meu cabelo ainda está preso no coque sem-vergonha que fiz para que não molhasse no banho. Chamo um Uber e, dentro do carro, percebo que não passei perfume, não trouxe nem um batonzinho, estou com o jeans mais xexelento que tenho, sapatilhas e uma blusinha laranja que geralmente uso para ficar em casa. E pior: não escovei os dentes. A esta altura torço para que o Lucas tenha ido embora, esteja puto comigo e não queira me ver nunca mais. Já são quatro e vinte. Claro que ele foi embora.

— Dá pra ir um pouco mais rápido, por favor?

— Não dá, menina. É tudo cinquenta por hora. Não posso tomar multa.

— Saco — sussurro para mim mesma. — Você tem uma bala?

— Só essas que estão aí no potinho, perto do banco.

— Graças a Deus são de menta — eu praticamente grito.

— Nunca vi tanto entusiasmo por uma bala de menta. Que bom que você gosta.

Pego três. Chegamos ao shopping às quatro e trinta e dois. Percebo que o Lucas só viu a mensagem agora. Então mando outra.

>Eu: Estou aqui. Desculpa o atraso. Cadê você? Não diz que foi embora, por favor.

Ele recebe a mensagem, lê e não responde. Foi embora, não quer mais me ver, não quer mais falar comigo. Que droga. O que me consola é que estou horrorosa.

>Lucas: Na praça de alimentação. Esperar tanto me deu fome. Se eu soubesse, tinha ido ver um filme.
>Eu: Tô chegando. Estou de laranja.
>Lucas: Eu sei quem você é.
>Eu: Verdade. Eu que não sei quem é você.
>Lucas: Estou em frente ao McDonald's, apesar de estar comendo pizza, de camiseta branca.
>Eu: Deve ter 900 pessoas de branco em frente ao McDonald's. Vai ser fácil te achar.
>Lucas: Eu sei quem você é.
>Eu: Você já disse isso.
>Lucas: Onde você tá?
>Eu: Na escada rolante.
>Lucas: Ansiosa?
>Eu: Quase enfartando.

E me lembro do seu Toninho e fico triste outra vez, e preferia estar em casa, me lamentando e sofrendo por tudo de ruim que tem acontecido comigo e com as pessoas que eu amo.

>Eu: Caminhando.
>Eu: Quase lá.
>Eu: Mais um pouco.

Eu: Cheguei na praça.
Eu: Aqui.
Eu: Quem é você?

Alguém toca meu ombro. Esqueço de respirar. Minha barriga gela. Eu me viro e não há suspense, porque a vida não é como uma cena de filme, em que milhares de coisas acontecem nos poucos segundos necessários para olhar na direção de alguém. Direto ao ponto, este menino não é o meu Lucas. Ele está de camiseta branca, com o celular na mão, um sorrisão no rosto, mas não cheira a tangerina, os lábios não são tão grossos, o cabelo é mais claro, o rosto é magro, bem diferente do Lucas que não existe em outro lugar além do meu pensamento. E não dá para esconder que estou um pouco frustrada, um pouco decepcionada, um pouco com raiva, um pouco com dó do verdadeiro Lucas por eu me sentir assim. Ele percebe, claro que percebe, mas finge que está tudo bem.

— E este sou eu — fala.

— E esta sou eu — digo, tentando disfarçar o indisfarçável.

— Eu sei quem você é.

— Então é você que sai por aí distribuindo seu número de telefone para as garotas? — brinco, em uma tentativa desesperada de fazer de conta que está tudo bem.

— Só para as que distribuem abraços. Vamos sentar?

Ele puxa a cadeira para mim, como seu Toninho faria e nenhum outro menino que conheço jamais fez. E eu não me incomodo, não acho brega, acho fofo. Não é que o Lucas de verdade seja feio, porque não é. Se eu não tivesse inventado o meu Lucas, acharia o verdadeiro bastante interessante e bem gatinho. O problema é que elevei muito a expectativa, o que não é justo com ele. O Lucas da realidade jamais seria páreo para o meu Lucas, mesmo que ele fosse de fato o imaginário. Para ser honesta, nem lembro muito bem do garoto do abraço com cheiro de tangerina. Só me recordo de ter achado o cara bonito.

A esta altura, já nem sei se os lábios eram tão grossos assim, o cabelo liso ou enrolado e os olhos de que cor? Não dá mais para separar o real do imaginado.

— Pelo jeito você pensou que eu fosse outra pessoa...

— Na verdade não imaginei ninguém — minto. — Estava tão nervosa naquele dia que muita coisa simplesmente sumiu da minha cabeça.

— Eu tenho tempo, acho que você também, ou não teria marcado comigo. A gente não tem muito assunto porque tá se conhecendo agora, então precisa encontrar coisas pra falar, pra fugir daquele possível silêncio constrangedor. E, antes que a gente entre no tema meteorologia, acho que pode ser um bom momento pra você me contar por que tava distribuindo abraços na Paulista. Fiquei muito curioso.

— Tá calor hoje, né? Mas eu acho que vai chover — brinco.

O Lucas dá risada.

— Você é mais bonita do que eu lembrava — ele diz.

— É bom ter um rosto pras suas palavras — falo.

— Mas não foge do assunto. Os abraços...

— Tá certo.

Falo da Júlia, da morte da Júlia e da lista que a Júlia me deixou. O Lucas diz que não imagina o que estou passando, não sabe nem o que dizer. Tudo bem, eu entendo, é assim mesmo. Explico que da cabeça da minha amiga maluca é que surgiu a ideia de ficar abraçando as pessoas na Paulista. Ele ri e quer saber detalhes de tudo o que fiz até agora. Conto que, para iniciar a lista, saltei de paraquedas. Depois me matriculei na aula de dança, onde conheci meu par ideal. Percebo que o Lucas diminui o sorriso, que acaba voltando quando entende que estou falando de um senhor de quase oitenta anos, que se tornou meu grande amigo.

— Agora ele está no hospital, teimando em não abrir os olhos, quase desistindo de viver. À noite eu e a minha mãe vamos lá pra saber notícias.

— Caramba! Quanta coisa ruim de uma vez. Deve ser muito difícil.

— Não quero bancar a vítima, mas, pra ser totalmente honesta, eu tô mesmo arrasada. Naquele ponto em que fico questionando por que isso tudo teve que acontecer comigo, sabe?

— Você acredita naquela história de que só acontece com a gente aquilo que a gente é capaz de suportar?

— Não sei. Tenho duvidado de tanta coisa.

— Eu entendo. Mas pensa que não é só com você. Tem a família da sua amiga, a mulher do seu par ideal...

— É. Tem razão.

— E, além das aulas de dança, do abraço e do paraquedas, o que mais você precisou fazer?

— A doida disse que eu tenho que me apaixonar.

— Interessante — ele sorri.

Fico vermelha, abaixo o rosto para esconder. E me recordo da Júlia dizendo que eu pareço a maçã da bruxa da Branca de Neve quando fico encabulada.

— Tem que passar alface com uva na bochecha.

— Tá louca, Júlia?

— Pra curar essa vermelhidão aí que você fica quando está toda envergonhada.

— Nossa! O que alface com uva tem a ver?

— Sei lá. Mas minha tia-avó sempre dizia isso pra neta dela, que era branquinha de tudo. Ela mandava a menina passar uva na cara e depois colocava alface morna no rosto dela.

— Morna ainda? *Afff!* Nunca ouvi isso na vida.

— Se não quiser, não tenta. Só tô falando.

Sorrio de lembrar.

— Tá tudo bem? — o Lucas pergunta.

Então me recomponho e volto a conversar:

— Tá sim. É que eu lembrei de uma história da Júlia. Mas se apaixonar não é uma coisa que acontece de uma hora pra outra — falo, torcendo para que ele entenda meu recado de forma sutil.

— Leva tempo — ele concorda.

Que alívio. Bom saber que o Lucas pensa como eu, assim não fico mal por não estar tão empolgada quanto, aparentemente, ele está.

— E o que mais? — ele pergunta.

Conto do acampamento selvagem e, claro, omito a existência do gatinho com quem fiquei. Por um segundo penso que a fusão do Lucas verdadeiro com o Pedro resultaria no garoto ideal e, no segundo seguinte, me sinto uma imbecil por ter imaginado isso. Desculpa, Lucas, foi sem querer. Você é tão gatinho quanto o Pedro e muito mais falante — o que eu descobri que é importante para mim.

— Parei aí. O próximo envelope, de número 6 e cor roxa, está esperando no meu criado-mudo. Faz dias que eu penso em abrir, mas não tenho coragem.

— Por quê? Está com medo do que pode ser?

— Talvez. Não dá pra saber o que esperar da cabecinha doida da Júlia.

Às vezes eu me refiro à minha amiga como se ela ainda estivesse aqui. E, quando me dou conta de que não é verdade, dá uma dor no peito — uma dor real, como a que a gente sente quando entra de uma vez debaixo da água gelada — que me obriga a respirar fundo e suspirar.

Digo ao Lucas que estou bem, diante de sua expressão de preocupação. E pergunto coisas sobre ele. Descubro que está no primeiro ano da universidade, que cursa letras e tem o sonho de ser escritor. Gosto disso. Acho tão ambicioso quanto romântico. O Lucas conta que gosta de escrever poemas, mas também adora imaginar histórias fantasiosas, que envolvem monstros, alienígenas ou guerras intergalácticas. Torço os lábios e ele explica que curte ficção científica. Que bom, mas eu nem tanto.

Conversamos mais um tempo, até que percebo que já são quase sete horas. Nem vi o tempo passar. Preciso visitar seu Toninho, tenho que ir embora. O Lucas entende, deseja que as coisas estejam melhores e me pede para dar notícias do seu concorrente.

— Preciso estar bem informado sobre os meus inimigos — ele brinca.

Chega a hora de nos despedirmos e eu estou com medo. De que ele tente me beijar, de que ele não tente, de que eu queira que ele tente, de que eu prefira que não. A gente se levanta, ele dá a volta na mesa, coloca a mão no meu rosto, aproxima o dele do meu, encosta bochecha com bochecha e dá um beijinho de amigos, única coisa que provavelmente vamos ser.

PRIORIDADES

Espero minha mãe me buscar em frente ao shopping, porque vamos direto para o hospital. Ela me pergunta com quem eu estava.

— Vim encontrar um amigo.

Vejo um sorrisinho malicioso se formando em seu rosto e reafirmo que se trata apenas de um amigo.

— Não falei nada — ela diz.

No hospital, encontramos dona Mirtes. A expressão está mais leve, e ela fica feliz ao nos ver. Dou um abraço apertado e ela já vai dizendo:

— Ele acordou, minha filha. Hoje mesmo. Conversou comigo, voltou a reclamar, dizendo que quer ir logo pra casa. Ainda está falando um pouco mole, devagar, mas dá pra entender. Os médicos fizeram novos exames e viram que ele está mesmo melhorando.

— Que boa notícia, dona Mirtes. Ainda bem!

— Você quer dar uma olhadinha nele?

— Posso?

— Claro que sim.

Dou um beijo no rosto dela e entro outra vez na UTI. Nenhuma imagem ruim me vem à cabeça, nenhum pensamento triste. Apenas alívio por saber que seu Toninho está bem.

Assim que ele me vê, abre um sorriso. Está ainda debilitado, claro, mais magrinho, mas a felicidade no rosto dele faz tudo parecer bobagem.

— Por que uma menina linda e jovem como você está perdendo tempo com um velho como eu num sábado à noite?

— Nenhum compromisso pode ser mais importante que este — respondo. — E nenhuma companhia é melhor.

Ele estende a mão, pedindo para segurar a minha. Seu Toninho diz que a primeira coisa que perguntou ao médico foi quando poderia voltar à aula de dança. Mas a resposta não foi muito animadora. Ele tem que ficar mais um ou dois dias na UTI, vai para o quarto e aí eles vão ver quando terá alta. Só depois dá para ter uma ideia de quando pode voltar a dançar.

— Daqui a pouco você vai me trocar por outro — ele diz.

— Jamais! Eu espero pelo senhor o tempo que for preciso. Par ideal só existe um. E eu já encontrei o meu.

ENVELOPE ROXO

Olho para o envelope roxo. Estou sentada na cama, com as pernas esticadas e o tronco apoiado na cabeceira. Pego o envelope roxo. Coloco-o ao meu lado sobre uma almofada. O celular acende. É uma mensagem da Lorena, quer saber se topo um cinema, respondo:

Desculpa, vou sair com os meus pais.

É mentira, não estou com vontade de fazer nada, o dia já foi muito intenso. Olho para o envelope roxo. Volto ao celular, entro no Instagram, um monte de gente feliz, sorrindo, fazendo poses, em lugares incríveis, e eu dentro de casa. Curto algumas fotos. Pego o envelope roxo. E lembro da Júlia. Ela estaria comigo a esta hora. Em um sábado à noite. E eu nunca teria me recusado a ver um filme com ela. O celular pisca outra vez. Devolvo o envelope roxo para o colchão, e agora é o Fabinho querendo saber onde estou e me convidando para ir à casa dele, uns amigos vão estar lá. Respondo:

Desculpa, vou sair com os meus pais.

Entro no perfil da Júlia no Facebook. Ainda está ativo. Até hoje as pessoas publicam mensagens ali, como se ela pudesse ver. Leio algumas, a garganta fecha. Encontro uma da tia Lili. É recente, de três semanas atrás. "Saudades infinitas, minha filha, como dói." Nunca escrevi nada na timeline da Júlia depois que ela morreu, não consigo, não tenho coragem. Olho para o envelope roxo. Entro no álbum de fotos. A última foi postada na viagem que ela fez no feriado de Tiradentes. O passeio do qual nunca voltou. Ela estava feliz, ao lado da tia Lili e do tio Beto. E linda, para variar. O cabelo encaracolado quase azul de tão preto, os olhos verdes amendoados, a pele marrom iluminada pelo vestido turquesa. A Júlia me lembra a Tyra Banks, a supermodelo. E ela nem sabia quem era até eu mostrar na internet. Nunca senti inveja da Júlia por ela ser mais bonita que eu. Tinha orgulho. Enchia a boca para dizer que éramos melhores amigas. Eu me sentia escolhida para ocupar esse cargo, embora tenhamos nos conhecido ainda muito novinhas e certamente ela não tivesse muitas opções de candidatas a melhor amiga na época. Vejo o envelope roxo. Procuro uma foto da Tyra Banks na internet. Iguaizinhas. Volto ao Facebook, Lucas Kabela quer ser meu amigo. Aceito. Olho outra vez para o envelope roxo. Procuro algumas fotos do Lucas. Ele está sempre rodeado de amigos. E amigas. Pego o envelope roxo. Tem uma que está em todas. Loira, alta, bonita. Por que ele colocou Kabela em vez de Garcês? Abro, finalmente, o envelope roxo. Fico feliz, feliz de verdade. Agora sim algo que eu sempre quis.

Desejo número 6:

Adotar um cachorrinho.

SÁBADO À NOITE

Meus pais estão em casa em um sábado à noite. A conversa com eles surtiu efeito, no fim das contas. Vou até a sala e encontro meu pai jogando videogame. Sento ao lado dele.

— Não vai sair hoje? — Ele está curioso, apesar de não tirar os olhos da TV.

— Eu é que pergunto.

— Vamos ficar em casa, graças a Deus. — E dá uma olhadinha para o alto, para agradecer ao próprio. — Quer jogar?

Não sou muito de videogame, mas aceito. Meu pai muda as configurações do jogo para que eu possa lutar com ele. É divertido, embora eu esteja tomando uma surra.

— Cadê a mamãe?

— Fazendo o jantar.

— O quê? — Estou mesmo surpresa. A última vez que minha mãe cozinhou em um sábado à noite foi... nunca. — Ai! Pega leve, pai. Sou café com leite — resmungo, porque o monstro dele decepou o braço do meu herói com uma espada flamejante.

E ele me finaliza, lançando um superpoder que decapita meu boneco e joga a cabeça longe.

— Mancada.

— O quê? Eu ter arrancado a sua pele no videogame, ou eu e a sua mãe termos negligenciado você?

— As duas coisas. E foi a minha cabeça que você arrancou, não a pele. Pai, e o meu castigo?

— Ainda não sei. Você não liga pra TV, não é de ficar saindo pra balada, só usa o computador pra estudar... Vou te proibir de ler livros? Não dá, né? É difícil pra caramba te castigar. Se prometer que nunca mais vai fazer isso, a gente encerra o assunto agora mesmo.

— Então... Eu tenho dezessete anos. Não dá pra prometer que nuuunca mais, né?

— É... Não dá mesmo. Ah, deixa quieto. Pensa numa coisa que você gosta e diz pra sua mãe que eu proibi você de fazer pela eternidade.

— Pode ser alguma coisa que eu não gosto e vocês não sabem? — pergunto.

— Tipo o quê?

— Ah, sei lá... Tipo não ir nunca mais num cruzeiro-balada.

— Você já fez isso alguma vez? — Papai está intrigado.

— Você não sabe se eu fiz ou não? E a mamãe, será que sabe?

— Mas você já fez?

— É isso, então! Pai, você acha que agora é um bom momento pra eu pedir uma coisa?

— Eu diria que é uma das suas melhores chances de ser bem-sucedida na vida.

— Quero um cachorro.

— Eu não esperava isso. Achei que ia me pedir dinheiro, um carro no aniversário de dezoito anos, uma viagem, sei lá...

— Você teria dado?

— Digamos que a melhor forma de responder a isso é: um filho consegue tudo de pais que se sentem culpados.

— Quer dizer que a gente vai amanhã procurar um cachorrinho pra mim?

— Quer dizer que sim. Que raça?

— Vira-lata. Quero adotar.

— Mas não vamos contar pra sua mãe por enquanto. Acho melhor não dar a ela a chance de quem sabe, talvez, possivelmente, provavelmente, certamente dizer não.

Dou risada e abraço meu pai. Minha mãe entra na sala e fica feliz com a cena. Pergunta o que está acontecendo.

— Uma filha não pode dar um abraço no pai sem que isso signifique que quer alguma coisa? — ele pergunta.

— Vou me fazer de idiota — minha mãe responde. — O jantar está pronto.

E não é que a lasanha está uma delícia? Estou feliz, quase a ponto de esquecer por uns instantes que não tenho mais a Júlia.

POR UM FIO

Meu pai diz que precisa comprar uma peça para o carro e pergunta se eu quero ir junto. Esse é o nosso código para *vamos pegar um cachorrinho sem que a mamãe saiba*. Ela estranha um pouco o meu súbito interesse por artigos automotivos, mas não faz muitas perguntas. Vamos direto para uma pet shop na Marginal Tietê. Pesquisei e vi que todo fim de semana acontece ali uma feira de adoção do Projeto CEL.

São tantos cachorrinhos, tantos bichinhos que é muito difícil escolher. Meu pai está enlouquecido. Pega todos no colo e se apresenta a cada um deles como seu novo dono. Achei que fosse ser o contrário, mas eu é que preciso freá-lo e pedir um pouco de foco.

— Não podemos levar todos eles, pai.

— Eles são tão lindinhos e precisam de uma família...

— Mas a gente mora em apartamento, não é tão grande assim.

Enquanto estou tentando convencê-lo de que não podemos adotar centenas de bichinhos, vejo uma cachorrinha caramelo, de orelhas caídas, focinho comprido, até um pouco desproporcional, olhos da mesma cor dos pelos, contornados por traços pretos, como se tivesse passado um delineador. Ela é linda e eu estou apaixonada.

— Esta é a Belinha — diz uma moça de colete laranja com o logotipo da ONG.

— Ela é maravilhosa.

— Fui eu quem a resgatei da rua. Ela e o irmãozinho. Eles moram comigo desde então.

— Quanto tempo ela tem? — meu pai pergunta, ao se juntar a mim.

— Alguns meses. É difícil precisar.

— Qual o porte dela? — ele quer saber.

— Médio. Deve ficar do tamanho de um cocker — a moça responde.

— É ela? — Papai olha para mim.

Estou sorrindo tanto que nem preciso responder.

— Belinha, querida, diga adeus ao seu irmãozinho. Parece que você encontrou uma família. — A moça pega a cachorrinha de dentro da gaiola.

— O irmãozinho dela ainda não foi adotado? — pergunto.

— Não. Ele está ali. — Ela aponta na direção de um cachorro muito parecido com a Belinha. A diferença é que ele é mais gordinho e tem o focinho um pouco menor e preto.

— Vamos ficar com os dois — meu pai diz.

— Pai! A mamãe vai dar à luz.

— Eu sempre quis outro filho.

— Olha, só preciso avisar que a Belinha adora puxar um fiozinho — a moça alerta.

— Que bonitinha — comento.

Preenchemos a papelada, entramos na pet shop com os dois filhotes e compramos ração, duas caminhas, quatro potes — dois para a comida e dois para a água —, coleiras, ossinhos e biscoitos. Estou encantada. No caminho de volta, decidimos que vamos manter o nome da Belinha e que o irmãozinho vai ser o Tião.

Chegamos em casa. Abro a porta e coloco apenas a cabeça para dentro da sala. Grito para que minha mãe venha nos encontrar. Quando ela aparece, abro a porta de uma vez e meu pai entra com Belinha e Tião nos braços. Minha mãe leva um susto, apoia o corpo no aparador atrás do sofá e leva a mão à testa. Está vermelha e ofegante — é o que acontece quando fica muito nervosa.

— Vocês estão brincando, né? — pergunta.

Estou apreensiva. Não sei se minha mãe está falando sério ou dramatizando um pouco a situação. Estou convencida de que não foi uma boa ideia fazer isso sem pedir a autorização dela.

— O que você achou dos nossos novos bebezinhos? — papai pergunta.

— Você quer dizer o que eu achei dos bebezinhos de outras pessoas, certo? Porque vocês vão devolver. — Ela está com um sorriso muito estranho no rosto, parece de raiva, e fala pausadamente, quase sem abrir a boca ou alterar o tom de voz.

— Devolver, mãe?

— Sim, filhinha. Devolver. Agora.

— Mas a gente não pode fazer isso — falo.

— A gente pode fazer isso — ela rebate.

— A gente preencheu a papelada de adoção, comprou caminha, ração, tudo — argumento.

— E agora vão devolver tudo.

— Por que você tá fazendo isso, mãe?

— Por que vocês fizeram isso, filha? — Ela mantém a expressão psicótica e ainda não modula a voz.

— Achamos que seria uma boa surpresa — papai diz.

— Acharam errado.

— Seja razoável, Márcia.

— Razoável? — minha mãe fala mais alto e agora abre bastante a boca. — Você não pode me pedir pra ser razoável. Vocês acordam um dia, saem de casa dizendo que vão comprar porcarias de carro e voltam com dois cachorros sem me consultar. Um bichinho já seria um problema, e vocês aparecem com dois. — Já está quase gritando. — Quem não foi razoável nessa história?

— Eu devia ter falado com você, mas achei que você ia gostar...

— Achou errado. Você sempre acha errado, André. Esse é o seu maior problema. — Ela está aos berros. — Se me perguntasse em vez de tentar adivinhar, nos pouparia de muitos problemas.

— Pega leve, Márcia.

— Vocês pegaram leve comigo? — Começa a chorar.

— É que faz parte da lista, mãe — tento comovê-la.

— Eu quero que essa porcaria de lista se dane!

Sei que exageramos. Sei que devíamos tê-la consultado antes de adotar os cachorrinhos. Sei que ela está brava. Mas ouvir isso da minha mãe me deixa extremamente magoada. Meus olhos estão alagados. Corro para o meu quarto. Deito na cama e a esta altura as lágrimas já encharcaram todo o meu travesseiro. Escuto meus pais discutirem. Tapo os ouvidos com as mãos, mas ainda posso ouvi-los. Minha mãe diz que meu pai precisa amadurecer, que ela está farta de ser a única adulta da casa. Adotar um cachorro é um ato de muita responsabilidade. Dois, então... Ela pergunta se ele parou para pensar no custo que isso vai trazer a mais: veterinário, vacinas, ração. E o fato de termos dois bichinhos agora vai nos impedir de fazer muitas coisas. Onde vamos deixá-los quando formos viajar? Imagina a fortuna para pagar hotelzinho para os dois? Quem vai levá-los para passear todos os dias? O apartamento não é grande o suficiente para eles. Quem vai limpar a sujeira? Meu pai repete que vamos dar um jeito.

— Você sempre diz isso, e sabe qual é o jeito que você dá? Nenhum, André. Sou sempre eu que dou um jeito.

Meu pai está quase convencido a devolver Belinha e Tião. Achei que dessa vez poderia ser diferente. Mas não. Todas as batalhas que acontecem nesta casa começam de igual para igual, mas aos poucos papai vai perdendo o fôlego, enquanto minha mãe ganha espaço e domina o ringue. Ele ainda consegue se esquivar algumas vezes, mas os golpes que sofre são fortes. Uns acertam em cheio. Mamãe está sempre mais preparada para o embate, deve fazer algum tipo de treinamento, não sei. Papai resiste quanto pode até chegar o momento em que baixa totalmente a guarda e é derrubado. Estou aguardando o fim da contagem, que vai dar, mais uma vez, a vitória para minha mãe. Só que, antes de chegar ao 10, antes de ser considerado nocauteado, papai se levanta:

— Eu não acredito que você chamou os desejos que a Júlia deixou pra Gabriela de porcaria, Márcia. Como você pôde?

— Eu sei... Eu tava nervosa.

— Você precisa aprender a se controlar. Não pode dizer coisas horríveis assim e achar que elas vão desaparecer no ar. Não acha que a Gabriela já está sofrendo demais com isso tudo? Não percebe que essa lista é para ela o que ainda sobrou da Júlia? Não entende que é uma forma de fazer a Júlia sobreviver?

— Entendo...

— Estou com vergonha pelo que você disse. Também estou de saco cheio de sempre ceder e ainda ouvir você me dizer coisas terríveis. Não quero mais saber desse tipo de atitude. Eu posso ter errado em não ter discutido o assunto com você antes, mas também tenho o direito de tomar decisões nesta casa. E eu estou decidindo agora: a Belinha e o Tião vão ficar.

Pouco tempo depois, escuto baterem na minha porta. Meu rosto está vermelho e os olhos, inchados. Minha mãe entra primeiro, trazendo Belinha, e papai vem depois, com Tião no colo. Todos sentam na minha cama. Escuto pedidos de desculpa e lições de moral e entendo que nunca mais ninguém desta casa pode tomar uma decisão tão importante sem consultar os outros membros da família. Todos prometemos, nos abraçamos, enxugamos as lágrimas, e o que importa é que Belinha e Tião vão ficar comigo.

— Mas o castigo continua, dona Gabriela — papai diz antes de fechar a porta do meu quarto.

— Que castigo? — mamãe pergunta.

— Está proibida para o resto da vida de fazer outro cruzeiro-balada.

— Ela já fez algum cruzeiro-balada?

— Você não lembra? Claro que sim. Com a turma da escola, essas coisas.

Nunca cheguei nem perto de um navio.

Estou com Belinha e Tião no quarto. Ela está deitada ao meu lado, e ele, sentado na frente da porta, como se estivesse pedindo para sair. Como é possível se apaixonar tão rapidamente por duas coisinhas que só sabem dar mordidinhas doloridas pra caramba, dormir, fazer cocô e xixi? Sinto vontade de contar para o Lucas o que está acontecendo. Tiro uma foto dos dois e envio para ele. Não resisto.

> Eu: Olha as duas novidades que eu tenho pra te contar.
> Lucas: Que demais!
> Eu: Não é? Estou tão feliz.
> Lucas: Você não falou nada sobre isso ontem, quando nos encontramos.
> Eu: Coisas da Júlia.
> Lucas: Tenho a impressão de que eu ia adorar a sua amiga.
> Eu: E eu tenho certeza.
> Lucas: Espero conhecer logo esses filhotinhos lindos.
> Eu: Eu também. Ei, me diz uma coisa. Por que você está como Lucas Kabela no Facebook?
> Lucas: kkkk. Porque é meu apelido entre os meus amigos. Eles me chamam assim porque eu tinha uma baita cabeleira.
> Eu: Cada uma... Abraço!
> Lucas: Abraço pra você também.

A empolgação com o último desejo da Ju que acabo de cumprir me deixa louca de vontade de saber o próximo passo que me espera. Assim que desligo o celular, abro o envelope preto, e no papel dentro dele está escrito:

Ficar trinta e seis horas sem dormir.

Estava bom demais para ser verdade.

NAS NUVENS

Estou louca para apresentar Tião e Belinha ao Fabinho. Ele ainda não sabe dos cachorrinhos, então o convido para vir em casa depois da aula para mostrar a surpresa. Hoje foi a primeira vez que eles ficaram sozinhos. Vamos ver no que deu.

Abro a porta do apartamento. Meu Deus do céu! A sensação é a de estarmos nas nuvens, tamanha a quantidade de espuma espalhada pela sala. Todas, absolutamente todas as almofadas estão destruídas. Minha mãe vai surtar, não quero nem ver. Espero de todo o coração que ela não volte a falar sobre devolver os filhotinhos. Olho para Belinha, que imediatamente deita com a barriga para cima e abana o rabo. Claro que está assumindo a culpa pela bagunça toda. Tião nem se mexe, está tranquilo, sossegadão, deitado na varanda. Então lembro o que a moça disse sobre Belinha, que ela adora puxar um fiozinho. Um fiozinho? Ela destruiu mais de seis, sete, oito almofadas, sei lá quantas tinha... Estou completamente sem reação, e o Fabinho ri com tanto gosto que acabo me entregando ao riso também. Assim que passa o nervoso, decido ligar para a minha mãe e contar de uma vez o que aconteceu, para que ela não fique louca quando chegar em casa.

— Mas não sobrou nenhuma almofada? — ela pergunta.

— Nada — respondo.

— Tudo bem. Eu não gostava mais delas mesmo.

Não consigo acreditar no que ouço. Estas almofadas eram os bibelôs da minha mãe. Ela amava cada uma delas. Impressionante o efeito que um bichinho tem sobre a gente em tão pouco tempo. Transforma coisas que antes pareciam importantes em meras bobagens. Por via das dúvidas, peço a ajuda do Fabinho e limpamos tudo antes que ela e meu pai voltem para casa.

Preciso anotar na folhinha o dia em que Belinha mostrou a que veio. "Só um fiozinho."

ÉRAMOS TRÊS

Não me importo que o dia 20 de outubro esteja chegando. Vai ser o primeiro aniversário, em muitos anos, sem a Júlia. A vontade é de dormir o tempo todinho, para não sentir nada e fingir que esse dia não existe. Como não dá, vou fazer exatamente o contrário: ficar acordada por trinta e seis horas, como a Júlia desejou. Vou pedir para o Fabinho e a Lorena passarem o fim de semana comigo e se revezarem na tarefa de me manter acordada. Crio um grupo no celular com o título "Lista".

> Eu: Lorena e bi, preciso de ajuda pra passar por essa. No fim de semana do meu aniversário, vocês podem dormir em casa? Tenho que ficar trinta e seis horas acordada e não dá pra fazer isso sozinha.
> Lorena: kkkk. Essa Júlia! Pode contar comigo.
> Fabinho: Lógico, bi. Tamo junto! Vamos fazer uma festa?
> Eu: Não sei se quero comemorar.
> Fabinho: Precisa. A Júlia ia gostar. Tem que ser na sexta, porque no sábado você vai estar podrinha da silva. Vou chamar os mais chegados.
> Eu: E quem são eles?

Fabinho: Ué, você me diz...
Eu: Sei lá... Éramos sempre só nós três.
Fabinho: Vou chamar algumas pessoas aqui do colégio.
Eu: Poucas, né, bi?
Fabinho: Claro.

Peço para meus pais viajarem no fim de semana do meu aniversário e deixarem a casa só para mim, para eu comemorar com meus amigos. Minha mãe diz que não sabe, gostaria de passar o dia comigo, pergunta quem vem e o que vamos fazer.

— O Fabinho quer dar uma festa.

— Uma festa? — ela repete. — Não sei...

Mamãe parece não ter gostado nada da ideia. Sempre achei meus pais muito liberais, mas talvez seja porque eu nunca exigi que fossem tão moderninhos assim. De toda forma, é como o papai disse: pais culpados, desejos realizados.

SALSA SEM GRAÇA

Chego à Passo a Passo, claro que sei que seu Toninho não vem. Danço sem entusiasmo, a professora percebe e pede animação para a turma toda, só para eu não achar que é pessoal. Não adianta, eu continuo errando os passos de salsa, acho que a dança mais difícil que já tentei.

— O seu Toninho faz falta — Denise diz.

Apenas concordo com a professora e sigo insultando os cubanos com minha deficiência de coordenação.

Gostaria de ir visitar seu Toninho na saída da aula, mas minha mãe acha que ainda não é a hora, que preciso deixar que ele se restabeleça e melhore um pouquinho mais. Só para ter certeza, assim que saio da Passo ligo para dona Mirtes.

— Ele ainda está um pouco cansadinho, querida. Você se importa de esperar mais uns dias?

— De jeito nenhum, dona Mirtes. Só diga que estou com saudade e que mandei um beijo grande pra ele.

— Pode deixar, querida. Eu dou o recado.

ÀS CLARAS

O despertador do celular toca, abro os olhos, tenho aula, é sexta, meu aniversário, o primeiro sem a minha amiga e o dia em que começa a aventura de passar trinta e seis horas acordada. A sensação é um misto de tristeza, ansiedade, medo e excitação por completar dezoito anos. Não me sinto mudada, ou madura, ou qualquer coisa diferente de ontem, quando ainda tinha dezessete e meus pais respondiam por mim. Preciso fazer algo que até menos de oito horas atrás eu não podia. Qualquer coisa. Quero sentir que ultrapassei essa barreira, que deixei para trás um ciclo para outro começar.

A Júlia dizia que a gente ia tomar um porre no meu aniversário de dezoito anos.

— Mas você ainda vai ser menor de idade — eu lembrava.

— Só precisamos de alguém pra comprar a bebida — ela brincava.

— Eu não vou me responsabilizar por você.

— Sou louca pra ver você bêbada, relaxada, sem se preocupar tanto em estar no controle ou fazer tudo certinho. Quero te ver beber até vomitar.

— Que delicada.

— Vai ser épico.

Eu já fiz isso, minha amiga, e antes de completar dezoito anos. Quem poderia imaginar, né? Sento com a cabeça inchada, inundada de pensamentos que têm de evaporar. Fechar um ciclo significa aceitar que antes eu tinha uma amiga, uma grande amiga, minha irmã. Eu fazia planos, tinha sonhos e ela era parte de tudo isso. Agora eu tenho dezoito anos e preciso reaprender a viver. Um dia por vez, hora a hora, minuto a minuto. E aceitar que começar uma nova jornada não vai diminuir a anterior. A Júlia não vai deixar de ser especial se outras pessoas se tornarem importantes também. O discurso parece óbvio e talvez seja. Mas, então, por que ainda sinto culpa por deixar outra garota ocupar esse lugar?

Belinha e Tião pulam na minha cama, dão lambidas de bom-dia e a vida, afinal, ganha um pouco de cor. Levanto e vejo ao lado da porta, sobre a cômoda, uma cesta de café da manhã. São pães, bolos, sucos e frutas. Parecem deliciosos, mas é muita coisa para uma pessoa só. Decido guardar para a manhã seguinte, quando vou ter a companhia do Fabinho e da Lorena.

Saio do quarto e encontro meus pais na cozinha. Ganho beijos e desejos de saúde, principalmente, felicidade e amor. Na escola recebo tantos cumprimentos, um abraço leva a outro, e eu não me sinto mais sozinha, ao menos não nesta manhã. Só que ainda não me tornei mais interessante, menos criança ou mais mulher. Tudo igual por aqui.

Não são nem dez da manhã e recebo uma mensagem. É do Lucas e diz:

Parabéns, menina linda. Cuidado com o que faz agora, porque a responsabilidade é toda sua.

Sorrio. Receber mensagens do Lucas sempre me faz bem. Ainda tenho dificuldade de imaginá-lo como ele é de verdade, porque toda vez que penso nele é o Lucas de mentira que me vem à cabeça em primeiro lugar. Torço para me acostumar rápido.

Meus pais e eu vamos almoçar juntos. Já que eles vão passar o fim de semana fora, querem comemorar comigo de alguma maneira. Escolhemos ir a uma cantina que eu adoro, pertinho de casa. Nhoque para mim, espaguete para o papai e ravióli verde para a mamãe. Acabamos experimentando o prato um do outro e, no fim, todos comemos os três. A sobremesa é a minha parte predileta de toda refeição. Escolho mousse de chocolate e ainda ganho um pedaço da torta de maçã com sorvete de creme da minha mãe. Papai abriu mão e foi só de cafezinho.

Eles me deixam em casa antes de voltar ao trabalho. Mamãe diz que vai comprar uns salgadinhos e refrigerantes.

— E cerveja? Agora eu posso.

— Mas os seus amigos não.

Entro em casa e sou recepcionada por Belinha e Tião. Toda vez que recebo esse carinho me pergunto: por que nunca tivemos bichinhos? É um absurdo de gostoso. Amor difícil de explicar. Só quem tem sabe; quem não tem não adianta nem tentar imaginar. A Júlia já teve um cachorrinho, ainda bem que essa sensação ela experimentou.

Normalmente, depois de me empanturrar de comida, eu tiraria um cochilo. Hoje não dá, ainda faltam vinte e oito horas. Estou impaciente. Se eu ler, vai dar mais sono. Não posso levar os filhotinhos para passear, porque ainda não tomaram todas as vacinas. Ver TV é pior que ler. Conversar pode ser, mas com quem?

Eu: Tá por aí?
Lucas: Sempre.
Eu: Posso te ligar?
Lucas: Claro.

Quando percebo, já se passaram quase duas horas que estamos falando ao telefone. No meio da conversa, não lembro em que momento foi nem de que forma aconteceu, acabo convidando o Lucas para vir à festa que o Fabinho está preparando para mim. "Vai ser um prazer", ele disse, mas vai aparecer só depois das nove. Tudo bem, nem sei a que horas começa mesmo.

Minha mãe volta mais cedo para casa e pede ajuda para descarregar o carro. Ela comprou um monte de coisas, até um bolo. Dou um abraço forte nela, um beijo e voltamos ao que éramos quando a Júlia ainda vivia. Meu pai chega do trabalho e eles se despedem de mim, pedem para eu ter juízo e me mandam deixar a casa em ordem para quando retornarem. Vão para o interior visitar alguns primos.

Tomo um banho e me preparo para a festa. É a primeira vez que faço uma. Minhas comemorações sempre envolviam só a minha família e a da Júlia. Estou ansiosa, com medo de não aparecer ninguém, de entender que eu não faço mesmo diferença e que minha existência tanto faz. Coloco um vestido lindo, branco, que usei uma única vez, no Réveillon que passei na casa de praia de um tio rico da Júlia. A festa foi na Riviera de São Lourenço, em um duplex maravilhoso de frente para o mar, dois anos atrás. O vestido está um pouquinho largo, mas eu me sinto bonita.

São oito horas e a Lorena chega. O Fabinho prometeu que não ia se atrasar, porque estamos contando com a ajuda dele para ajeitar as coisas aqui em casa. Pego diversos potinhos, encho com salgadinhos e coloco em pontos diferentes da casa. Belinha e Tião atacam as guloseimas, então prefiro concentrar tudo sobre a mesa de jantar. Coloco ali também os sanduíches de metro que minha mãe comprou e os copos descartáveis. O Fabinho cumpre a promessa e às oito e meia chega em casa. Estou nervosa porque, além dele e da Lorena, ninguém apareceu ainda.

— Calma, Gabi. Ninguém vem pra uma festa tão cedo assim — a Lorena tenta me tranquilizar.

— Você falou pras pessoas chegarem que horas, bi?

— Umas nove, dez, não lembro... Relaxa, daqui a pouco tem bastante gente aqui.

Sentamos os três em frente à televisão. A cada cinco minutos olho para o relógio. Meu celular vibra, deve ser o Lucas.

Oi, Gabizinha. Estou em São Paulo. Que sorte a sua, porque eu quero te ver. Beijo do Rafa Moraes

— Não é possível! — o Fabinho grita. — Fala pra ele vir.

— O Lucas está vindo — a Lorena diz.

— Mas o Lucas é só meu amigo — falo.

— Isso! Lógico que ele é só seu amigo. Fala a-go-ra pro Rafa Moraes vir pra cá — o Fabinho insiste.

— Não sei... Acho que a Lorena tem razão: o Lucas pode ficar chateado.

— Dane-se o Lucas! — O Fabinho está muito empolgado.

Eu: Até quando você fica por aqui?
Rafa: Gravo uma campanha na segunda e depois vou pra Curitiba.
Eu: É que eu estou viajando, volto no domingo de manhã.
Rafa: Me avisa, então. Aí eu vejo com a minha assessora se tenho
   uma brecha na agenda.

— Não acredito que você dispensou o Rafa Moraes por causa de um zé-mané. — O Fabinho está realmente bravo comigo.

— Ele não é um zé-mané, e não foi por causa dele.

Fico emburrada. Não gosto do tom que o Fabinho usa, mas também não tenho certeza se fiz a coisa certa.

Já são nove e vinte e ninguém apareceu ainda. A Lorena já atacou os sanduíches e o Fabinho está comendo os salgadinhos. Minha garganta fechou de nervoso, não passa nem um amendoim sequer. O interfone toca, finalmente. O porteiro anuncia que João, Nina, Clara e Henrique estão lá embaixo. Peço para subirem. O Fabinho desliga a TV para colocar música. Outra vez o interfone toca, Pedro e Rafael estão subindo. Depois chegam Malu, Priscila, Sofia, Lara, Marcela, Gustavo, Bento e Bernardo. Aos poucos a casa vai ficando cheia. Estou aliviada. Mas já passa das dez e nada do Lucas.

A noite está quente e a maioria das pessoas prefere ficar na varanda. A Lorena está há um tempão conversando com algumas meninas da escola, o Fabinho fica indo e vindo de lá para cá, e Tião e Belinha são a atração da festa. A cada momento em que reparo, eles brincam com uma pessoa diferente. A música está boa, as visitas parecem se divertir, o Fabinho deu seus pulos e trouxe cerveja e tem comida de sobra. Está tudo bem, a não ser pelo fato de que eu me sinto deslocada dentro da minha própria casa. Vou até o quarto e sento na cama. Se antes nem um amendoim descia na garganta, agora uma agulha seria capaz de entalar. Não consigo segurar o choro. Porcaria, isso é uma tragédia, porque meu nariz fica vermelho, meus olhos incham e todos, claro, vão perceber que passei boa parte da noite me acabando de chorar em vez de estar feliz e me divertir na minha festa de dezoito anos, que, aliás, continuam idênticos aos dezessete.

Ouço uma batida na porta e, antes que eu possa responder, a Lorena a abre. Fico um pouco aborrecida por ela não ter esperado que eu lhe dissesse para entrar, por ter me flagrado enxugando os olhos. Ela quer saber se estou bem. Estão todos perguntando por mim, aparentemente. Respondo que vou logo, a cabeça está doendo um pouco, já já passa, preciso só de uns minutinhos para me recuperar.

Ela sai do quarto e eu volto a chorar. Ainda bem que o Lucas não veio, ainda bem que não convidei o Rafa Moraes, ainda bem. Não sei se vou conseguir cumprir o desejo da Júlia de ficar trinta e seis horas sem dormir. Hoje possivelmente não.

Estou com ânsia e, felizmente, tem banheiro no meu quarto. Sem querer, atendo a mais um pedido da minha amiga: vomitar na minha festa de dezoito anos. Claro que o motivo é bem diferente, mas a sensação de entorpecimento até que é parecida. Eu me olho no espelho, uma lástima! E penso que estava melhor quando ainda tinha dezessete. Lavo o rosto, escovo os dentes e passo outra vez o batom. Ouço baterem na porta de novo.

— Gabriela? Posso entrar?

Não reconheço a voz e, embora esteja desconfiada, respondo que pode.

Saio do banheiro e vejo o Lucas. Ele está bonito, mais que aquele dia no shopping. De calça jeans, camiseta preta e tênis vermelhos.

— Uau! Você tá linda.

Ele só pode estar brincando. Estou horrível, péssima.

— Obrigada. Você também não tá mal.

— Tá tudo bem? — ele pergunta ao notar meu rosto deformado pelo inchaço.

— Ãhã. — Só que o choro vem todo de novo.

— Ei, não fica assim.

O Lucas me abraça. Ele está tão cheiroso, não é tangerina, mas é bom também. E me conduz até o pé da cama. Sentamos.

— Hoje é uma comemoração, tá cheio de amigos seus aqui, você não devia estar assim.

— Eu não sei por que tô tão triste. Eu tava bem, tava tudo bem, aí, de repente, me deu uma angústia, um aperto, um vazio... Agora eu não consigo parar de chorar, e vai todo mundo perceber...

— Dane-se todo mundo. O importante é essa tristeza passar. É por causa da Júlia?

Faço que sim com a cabeça.

— É normal você se sentir assim. É o seu aniversário e a sua melhor amiga não tá aqui. Todo mundo vai entender por que você tá triste.

— É, né?

— Claro que sim. Estranho seria se você estivesse toda sorridente, sem se importar. Aí que as pessoas iam achar esquisito.

— É, né?

— Lógico. Olha, eu não conheci a Júlia, mas pelo pouco que sei, baseado nos desejos que ela quer que você cumpra, tenho certeza que a última coisa que ela gostaria era que você ficasse trancada no quarto na sua festa de aniversário.

— Eu sei disso...

— Então a gente vai pra sala agora. Você vai enxugar essas lágrimas, botar um sorriso lindo nesse rosto lindo e fazer inveja pra todas as meninas que estão ali, porque nenhuma delas chega aos seus pés.

— Não sei o que tanto você vê em mim.

Ele me levanta e me coloca em frente ao espelho.

— Eu vejo uma menina linda, sensível, inteligente, engraçada, decidida. Precisa que eu continue? Porque eu ainda posso falar um monte de outras coisas...

— Por enquanto tá bom. Mas eu posso pedir pra você continuar a qualquer momento, tá? — brinco.

O Lucas sorri, pega a minha mão e, com um movimento de cabeça, pergunta se pode abrir a porta. Concordo. Saímos do quarto e todos agem com naturalidade, sorriem para mim fingindo não perceber, mesmo escancarada em meu rosto, a minha vulnerabilidade.

— Quero te apresentar um amigo meu — o Lucas diz enquanto vamos em direção a um garoto que conversa com a Lorena.

— Nico, essa é a famosa Gabriela. Lembra dela?

Ele se vira para mim... e é o meu moreno lindo, dos lábios grossos, do melhor abraço, que agora me dá um beijinho no rosto para me cumprimentar. Fico um pouco nervosa, tento disfarçar, espero estar conseguindo. Ele ainda cheira a tangerina e é mais bonito do que eu lembrava.

— E aí? Continua distribuindo abraços? — o Nico pergunta.

— Não, não. Foi só aquele dia mesmo.

— Quer dizer que a estratégia de colocar o telefone do Lucas no seu bolso deu certo?

— Você que colocou?

— Foi. Ele queria porque queria te conhecer, mas tinha um monte de gente te abraçando. Aí teve a ideia de anotar o número dele, mas não teve coragem de colocar no seu bolso. Tava todo nervoso...

— Cala a boca, Nicolas — o Lucas diz.

Sorrio, mas estou muito, muito incomodada com a situação. Não sei o que fazer. Espero que o Lucas não ache que eu o convidei para a festa porque quero ficar com ele. Se antes eu já não tinha certeza se sentia alguma coisa, agora — depois de ver que o meu Lucas imaginário existe, se chama Nicolas e está na minha casa, na minha frente, conversando comigo — tudo piorou. Como eu nunca vi fotos do Nicolas nas redes sociais do Lucas? Por que o Nicolas não é o Lucas? Por que o Nicolas não me deu o telefone dele? Por que o Nicolas não se interessou por mim?

— Tá tudo bem, Gabi? — o Lucas pergunta, diante da minha falta de reação ao que eles conversam. Nem sei do que estão falando. O que sei é que a Lorena ri e está toda derretida pelo meu Lucas, quer dizer, pelo Nico. Peço que ela me dê uma ajuda e saímos em direção à cozinha.

A Lorena já vem logo dizendo:

— O que é esse Nico?! Que menino lindo, pelo amor de Deus.

Conto, então, que era com ele que eu achava que estava conversando. Era ele que eu imaginava cada vez que teclava uma palavra.

— É por isso que você está tão em dúvida em relação ao Lucas? — a Lorena pergunta.

— É... Se eu não tivesse criado essa fantasia com o Nico, acharia o Lucas uma graça, além de ser uma pessoa incrível.

— Mas é que o Nico é demais. Sério, melhor que o Rafa Moraes.

— Eu sei. Você tá piorando tudo — choramingo.

— Difícil...

— Mas o Nico nem tá interessado em mim, de qualquer forma.

— Mesmo que tivesse, ele sabe que o amigo gosta de você, o que complica tudo ainda mais.

— O que eu faço agora?

— Nossa, amiga, não sei.

Ouvir a Lorena me chamar de amiga é muito esquisito. Ainda mais hoje, neste dia, no meu aniversário. Minha amiga de verdade saberia o que me dizer. Lorena, desculpe, não me chame mais assim. Não tenho coragem de falar nada em voz alta, fico calada, mas a verdade é que neste momento desejo que todo mundo vá embora. Lorena, Lucas, Nico, Fabinho e todos da escola. Quero ficar sozinha, com a minha tristeza e a ausência de uma das pessoas mais importantes para mim. Meus olhos se entopem d'água. Não aguento mais chorar.

— Calma, Gabi. Você não precisa tomar nenhuma decisão agora. Vamos lá, vamos conversar, tenta aproveitar um pouco o seu aniversário. Não chora...

Vou tentar, vou tentar. Limpo o rosto e voltamos à sala. Escolho uma ou outra rodinha para parar. Converso um pouco com alguns colegas da escola, encontro o Fabinho, conto tudo e ele diz que vai agarrar o Nico por mim.

— Ele é gay? — pergunto, torcendo para que seja.

— É nada, bi. Meu gaydar não falha nunca. Mas eu não tô nem aí.

Só o Fabinho para me animar em um momento como este. Percebo o Lucas me olhando o tempo todo a distância, enquanto conversa com o Nico. A Lorena tenta ficar ao meu lado, mas fujo de vez em quando. O Fabinho e eu arrastamos o sofá e improvisamos uma pequena pista de dança. Não tinha percebido, até agora, os efeitos das aulas na companhia do seu Toninho. Claro que não saio fazendo passos de soltinho, rockabilly ou gafieira, mas sinto segurança para soltar o corpo no ritmo da música.

E devagarinho os minutos vão passando, até a madrugada alcançar o relógio. As pessoas aos poucos se despedem e eu fico triste porque percebo que elas são legais, enfim, e eu não usufruí dessas companhias em todos os meus anos de escola. Desculpe, Júlia, mas é verdade. Se eu pudesse imaginar...

Lucas e Nico, que estavam na varanda, entram e vêm conversar comigo, Lorena e Fabinho. Somos os últimos sobreviventes da festa.

— Quer dizer que só sobramos nós? — o Lucas pergunta.

— Parece que sim — a Lorena responde.

— A gente podia ir pra algum lugar — o Fabinho diz.

— Ah, não... — reclamo.

— Qual é, bi? Você não pode dormir mesmo — ele me lembra.

— Como assim? — O Nico está curioso.

Conto pela milésima vez a história da lista de desejos da Júlia e digo que estou tentando realizar a vontade dela de me manter acordada por trinta e seis horas. Esse desejo foi sacanagem mesmo, não tem outro motivo. Todos, exceto eu, acham uma boa ideia sairmos. Já são mais de duas da manhã. Concordo, no fim. Talvez seja a minha oportunidade de fazer alguma coisa que com dezessete eu não podia.

O Nico é quem assume a direção. Eu me apresso e sento na frente, ao lado dele. Percebo o descontentamento do Lucas por acabar no banco de trás com o Fabinho e a Lorena.

— Pra onde a gente vai? — pergunto.

Ninguém sabe responder. O Nico arranca com o carro mesmo sem destino certo e me percebo, pouco depois, olhando para ele. Existe uma lacuna de tempo entre o momento em que entramos no sedã preto e agora, quando me pego observando o perfil tão bem esculpido desse menino. É inacreditável como tudo é harmônico, como seus contornos se encaixam, desde a curva da testa, coberta em parte pela franja longa, escura e lisa, passando pelos olhos, que não são verdes como eu imaginava, mas não faz a menor diferença, o nariz perfeito, os lábios grossos e o queixo forte, marcado, quadrado. Quando ele sorri, eu reparo, aparecem covinhas nas bochechas. E, sem querer nem saber por que, sorrio também. É neste momento que viro o rosto um pouco para trás e noto o Lucas me olhando. Fico sem graça, porque ele percebeu, claro. Sua expressão denuncia. Eu me ajeito no banco e não desgrudo mais o olhar dos carros à frente. Quase todos falam ao mesmo tempo, tentando definir um lugar para irmos, mas o Lucas e eu permanecemos calados.

Devemos estar rodando há quase uma hora e até agora não sabemos aonde ir. Vejo um posto de gasolina cheio de gente e digo para pararmos ali.

— Aqui? — O Nico parece não aprovar a minha ideia.

— Eu tô com fome. Além disso a gente tá rodando há um tempão e não sabe pra onde ir.

— Nossa, Gabi! Tem tanta comida na sua casa — a Lorena diz.

— Mas eu quero parar aqui um pouco. Pode ser?

Aparentemente fui um pouco estúpida e provoquei um climão. Foi sem querer, não sei por que falei naquele tom. A verdade é que estou cansada, com sono e meu aniversário de dezoito anos não passou nem perto do que eu gostaria que tivesse sido. O Nico para o carro no posto, de toda forma, eu desço e entro na loja de conveniência, como se soubesse exatamente o que estou fazendo. Reparo que os quatro estão me olhando lá de fora. Pego quatro cervejas, tudo o que consigo segurar. Quando chego ao caixa, a atendente pede meu documento. Tiro o RG da bolsa e o apresento, deixando transparecer satisfação. A moça pergunta:

— Que dia é hoje mesmo?

— É o dia do meu aniversário — respondo, e ela sorri.

— Débito ou crédito?

— Débito.

— Está fazendo dezoito anos hoje, é isso mesmo?

— Pois é...

— Agora pode beber sem problemas. — Ela sorri de novo. — Crédito?

— Débito.

Pago as cervejas e saio da loja. A Lorena pergunta se não seria melhor eu comer alguma coisa e diz que não acha uma boa ideia beber de estômago vazio.

— Eu sei o que estou fazendo — respondo e, mais uma vez, sou grossa com ela.

Acho que você está se intrometendo um pouco demais na minha vida, Lorena. Dá um tempo, por favor.

Entrego uma cerveja para o Fabinho, outra para o Nico, a terceira para o Lucas. Abro a última e ofereço para a Lorena dividir comigo. Ela recusa, está chateada, dá para perceber. Não ligo e começo a puxar conversa com o Nico. Pergunto se ele estuda e, sim, o Nico faz veterinária. Droga! Será que não dava para você ser só um pouquinho menos perfeito? Deixo o Lucas cada vez mais incomodado com a situação. O Nico também não está tranquilo. A Lorena está emburrada, o Fabinho quer me dar um sermão e eu me pergunto o tamanho do esforço que ele está fazendo para se segurar. Eu avisei que não queria sair, que preferia ficar em casa, não me culpem.

Estou detestando a cerveja, mas não vou dar o braço a torcer. Tenho dezoito e vou continuar bebendo, apesar de sentir o amargor bater no estômago e voltar azedo na garganta.

Continuo conversando com o Nico e me comportando como se só nós dois estivéssemos aqui. Preciso que o Lucas entenda que eu não sinto o mesmo que ele sente por mim, apesar de ser um cara muito bacana e não merecer o que estou fazendo. Sei que estou agindo feito uma vaca, e nenhum outro sinônimo menos vulgar cairia tão bem. Me sinto um pouco estranha, o estômago está embrulhado e ao mesmo tempo dá vontade de sorrir, um riso mole, besta, que não tem por que existir. Ainda bem que eu não prometi nada para o meu pai. Tenho consciência de que estou me insinuando um pouco para o Nico. Toco nele mais que o necessário, elogio bobagens e ele é o único com quem mantenho contato visual. Queria tanto sentir isso tudo pelo Lucas, juro que queria.

O Fabinho decide que vamos voltar para a minha casa e admite em voz alta que a ideia de sair de lá não foi tão boa assim. Ele vai para o carro antes de todo mundo e já se posiciona ao lado da porta da frente, esperando para entrar. Aí tenho certeza de que o Lucas está mesmo chateado e que eu criei o maior constrangimento, já que o Fabinho precisou chegar a ponto de intervir para amenizar as consequências das minhas cagadas.

No caminho da volta, a Lorena fecha os olhos e não sei se dormiu. Bela ajuda que está me dando. Dá para ouvir a respiração de todos, o motor, até as trocas de marcha, tamanho o silêncio instaurado no carro. Estou sentada entre a Lorena e o Lucas e percebo que ele está se espremendo no canto, para que seu corpo toque o menos possível no meu. Em alguns momentos essa aproximação é inevitável. Se a Júlia estivesse aqui, saberia como contornar essa situação, provavelmente falaria uma bobagem qualquer para quebrar o gelo e fazer todo mundo rir. Ela vivia fazendo isso na minha casa, principalmente quando meus pais brigavam na nossa frente e criavam aquele climão. Eu nunca vou esquecer o dia em que a minha mãe estava com ciúme de uma garota que o meu pai tinha contratado e ficou reclamando durante o jantar.

— Por que você contratou uma secretária, André?

— Tô cansado de ter que me preocupar com agendas e pagamentos da empresa, Márcia — meu pai respondeu.

— E precisava ser justo uma bebezinha, toda bonitinha? Por que não deu chance pra uma mulher mais velha, mais experiente?

— Porque eu posso pagar menos para uma bebezinha.

Minha mãe fechou a cara e até parou de comer. Aí veio o tal do silêncio que deixa todo mundo sem saber o que fazer. Olhei para a Júlia, ela para mim, e depois soltou esta:

— Vocês acham que os bebês conversam uns com os outros?

Todo mundo deu uma risadinha.

— Deve rolar uma empatia, né? Eu acho que eles conversam de alguma forma — meu pai disse.

— Ah, certeza que eles conseguem se entender — minha mãe concordou.

— *Afff!* Acho que bebê nem pensa direito — falei.

— Lógico que pensa, menina — papai rebateu.

O assunto rendeu e ninguém mais lembrou da secretária bebezinha bonitinha. Pelo menos não naquela noite.

Enfim chegamos ao meu prédio. Pegamos o elevador e continuamos todos calados. Quando entramos em casa, digo para a Lorena ir descansar. Ela pergunta se pode tomar um banho.

— Claro. Toma no banheiro do meu quarto e deita na minha cama. Eu não posso dormir mesmo — falo um pouco irritada, porque isso é o que eu mais queria neste momento.

Reparo que tem terra espalhada perto de um dos vasos de plantas da minha mãe. Chego mais perto e vejo que, na verdade, três vasos estão praticamente destruídos, tombados, com folhas furadas ou rasgadas. Chamo a Belinha e ela vem na minha direção. A cada dois ou três passos, deita de barriga para cima, depois se levanta, mais uns passinhos e deita outra vez. Diferentemente do episódio das almofadas, em que achei graça, agora estou irritada. Brigo com ela, aponto o que fez de errado e a mando deitar na caminha, no meu quarto. Fabinho, Lucas e Nico me ajudam a recolher toda a sujeira. Depois sentamos no sofá e conversamos. Desta vez direciono minhas palavras igualmente para os três, enquanto devoro pedaços do sanduíche de metro e dou goles na Coca. O Lucas parece estar um pouco mais à vontade. Começo a me sentir melhor do estômago, mas o sono está quase incontrolável. Assumo que vou desistir de ficar acordada quando o Lucas diz:

— Não faz isso. Tenta mais um pouco.

— Não sei, ainda faltam mais de... — Calculo com a ajuda dos dedos. — Quinze horas. Vai ser impossível.

— Eu faço um café pra você.

Vamos até a cozinha. E, enquanto o Lucas prepara o café, conversamos sobre a lista da Júlia.

— Por que você acha que ela teve essa ideia dos desejos? — ele pergunta.

— Não sei. Já pensei nisso tantas vezes.

— Será que ela imaginava que alguma coisa podia acontecer?

— Claro que não. Foi um acidente, não foi doença, não faz sentido.

— Talvez ela tivesse alguma intuição, sei lá...

— Ela teria me dito. E a gente escreveu isso faz, sei lá, quase um ano...

— Por exemplo, eu não consigo me imaginar velhinho, sabia? Quer dizer, toda vez que penso nisso, no futuro, é muito difícil me ver com oitenta anos e prever se vou estar desse ou daquele jeito. Então, às vezes eu acho que isso é um aviso que dou pra mim mesmo. Tipo: "Cara, desencana, porque não vai acontecer". Sabe?

— Que viagem! — brinco.

— Total.

— Mas você acha que vai morrer jovem?

— Não, não é isso. Eu só acho que não vou ficar bem velhinho. E, sei lá... Vai ver que a Júlia sentia alguma coisa assim também.

— Ela não fazia muitos planos nem pensava no futuro. Eu sempre fantasiava mais que ela. Pra falar a verdade, ela nem sabia que vestibular ia prestar. E ela tinha essa coisa, esse mantra de que tem que viver o momento, sabe? Mas acho que a lista foi só uma ideia besta que ela teve, e, como não tínhamos nada melhor pra fazer, levamos adiante. Essas coincidências que ninguém sabe explicar.

O Lucas me entrega uma xícara com café preto e pega outra para ele.

— Vai ver que foi isso mesmo — diz. — E você acha que ela escolheu esses desejos todos, distribuir abraços, saltar de paraquedas, dançar, ficar sem dormir, se apaixonar... Eu tava quase esquecendo desse... Você acha que ela pensou nisso tudo por quê?

— Acho que porque a Júlia sempre achou que, se não fosse por ela, a minha vida seria um marasmo. E ela tinha razão. As poucas coisas mais impulsivas ou divertidas que eu já fiz foram com ela e por causa dela. Então acho que ela pensou que, se um dia não estivesse mais comigo, eu ia deixar de viver.

— Legal da parte dela, né?

— Ela era incrível, mesmo, de verdade. Se você tivesse conhecido a Júlia, seria por ela que ia estar apaixonado. — Eu me arrependo no segundo em que essas palavras escapam da minha boca. Estou completamente envergonhada, não sei como consertar, que desespero, que tapada. Fecho os olhos para não enxergar a reação do Lucas. Só consigo dizer, quase que imediatamente depois do fora: — Vamos ver se eles querem café? — E saio rapidinho para a sala.

O Fabinho está deitado no sofá, e o Nico, sentado na poltrona, ambos dormindo. Cutuco o Fabinho.

— Pô, bi, acorda. Se você dormir eu não vou aguentar.

Ele dá uma resmungada, vira para o outro lado e apaga de novo.

— Não acredito nisso! Toda essa festa, o Fabinho e a Lorena ficarem aqui em casa, foi pra me ajudar a ficar acordada, e os dois dormiram ao mesmo tempo. A ideia era que eles se revezassem.

— O café me deixou ligado. Se quiser eu posso ficar aqui com você.

— E o Nico? Ele tá todo torto na poltrona. Será que ele não quer pelo menos deitar no quarto? Tem um que ele pode usar.

Lucas cutuca o amigo e pergunta se ele quer deitar na cama, mas o Nico prefere ir embora.

— Vai nessa, então. Eu vou ficar mais um pouco — o Lucas diz.

Nico me dá um abraço, e foi por causa desse abraço que tudo começou, também um beijo no meu rosto, e como eu queria que ele acertasse a boca, mas não, ele errou.

Ficamos só o Lucas e eu agora. Estranhamente, estou apreensiva. Sentamos um em cada poltrona, porque o Fabinho está largado no sofá. Aos poucos vou esquecendo o nervosismo, pois conversar com ele é simples, flui, não requer esforço. O sol vai invadindo a escuridão, e, da varanda, nós o vemos colorir a cidade.

Meu estômago ronca, estou faminta e lembro da cesta de café da manhã. Peço para o Lucas fazer mais café enquanto vou ao meu quarto buscá-la. A Lorena está dormindo pesado e nem percebe minha presença. Quando volto para a sala, vejo que o Lucas colocou uma toalha na mesa da varanda.

— Desculpa. Eu fucei algumas gavetas pra encontrar esta toalha.

— Não tem problema.

Abro a cesta e está tudo delicioso. Enquanto nos acabamos de tanto comer, o Fabinho acorda. Um pouco atordoado ainda, ele pergunta do Nico e da Lorena.

— A Lorena tá dormindo e o Nico foi embora — informo.

— Mas a Lorena tinha que estar acordada enquanto eu dormia — ele diz.

— Vocês dois me deixaram na mão. Ainda bem que o Lucas ficou a madrugada toda comigo.

— Nossa, essa cesta parece uma delícia. Posso? — E pega um croissant de dois queijos.

Preciso de um banho e digo ao Lucas que volto logo, mas ele prefere não esperar. Está cansado e vai para casa. Fico um pouco chateada, insisto, falo para ele descansar no escritório, o sofá é confortável, mas ele recusa. Saio do chuveiro e o Fabinho está me esperando. Brigo com ele por não ter ficado acordado comigo, digo que ele e a Lorena me deixaram em uma saia justa com o Lucas. Fabinho retruca afirmando que eu nunca fui tão chata e grossa em toda a minha vida, que eu estava tratando a Lorena mal e dando em cima do Nico descaradamente na frente do Lucas.

— Mas eu não gosto do Lucas e estou cansada da Lorena tentar ser minha amiga. Ela não é. A Júlia era a minha amiga!

Arqueando a sobrancelha e com um leve movimento dos olhos, o Fabinho me mostra que a Lorena está atrás de mim, no corredor que dá para os quartos. Eu me viro, tento pedir desculpa, mas é tarde. Ela volta para o quarto e eu vou atrás.

— Lorena, eu não quis dizer isso.

— Quis sim, Gabriela. Desde ontem você está me tratando mal ou me evitando, agindo como se eu não existisse. Eu imaginei que você tava triste porque não tinha a Júlia no dia do seu aniversário, então relevei e fiquei aqui porque prometi pra você...

— Mas você dormiu, então não adiantou nada ter vindo.

— Quando eu dormi, o Fabinho estava acordado. Imaginei que ele me chamaria se...

— Mas não chamou. Ele também dormiu, e se não fosse o Lucas eu não teria conseguido.

— Desculpa, Gabriela. Mas existem outras coisas no universo além de você e da lista que a Júlia te deixou.

— Nada que seja tão importante — falo. Estou nervosa, com raiva.

— É verdade. Os meus sentimentos ou os sentimentos do Lucas não são mesmo importantes pra você, porque eu não sou a Júlia e o Lucas não é o Nico. Então dane-se, né?

— Lorena, não é bem assim...

— É assim, sim, Gabriela. De coração, eu sinto muito por tudo o que aconteceu com você, sinto mesmo, e gostaria de poder fazer alguma coisa pra mudar o passado. Mas você não pode usar a morte da Júlia, o seu ressentimento e a sua raiva do mundo pra justificar todas as suas atitudes, nem pra achar que porque você está sofrendo a sua vida importa mais que a de qualquer outra pessoa. Eu é que estou cansada de tentar ser amiga de uma pessoa tão egoísta.

Ela entra no banheiro e fecha a porta. Sento na minha cama e não consigo mais chorar, embora esteja arrasada. Tião e Belinha deitam ao meu lado. Acaricio meus filhotinhos quando a Lorena sai do banheiro já sem o pijama, vestindo a roupa do dia anterior e com os olhos vermelhos.

— Lorena, eu não queria...

Fico falando sozinha, porque ela pega suas coisas, sai do quarto e fecha a porta. Ouço os passos no corredor e a porta da sala abrindo e fechando.

Então é isso... Parece que a Lorena está indo embora da minha vida do mesmo jeito que entrou: intensa e inesperadamente.

PISCADINHA

Saio do quarto e ainda tenho que lidar com a tromba do Fabinho. "Bem feito" é a única coisa que ele fala. Estou envergonhada e triste por tudo o que eu disse. Repasso na cabeça a noite anterior, a madrugada e a forma como agi. Fico me martirizando e estou tão tão tão arrependida.

— Não sei o que deu em mim. Você sabe que eu não sou assim, não sabe?

— Eu sei, bi, mas o Lucas, o Nico e a Lorena não — o Fabinho diz.

— Que droga, Fabinho. O que eu faço agora?

— Pede desculpa, ué!

— Mas a Lorena estava ficando entrona demais, sabe?

— Gabriela, não tem problema você ter outra amiga. Você pode continuar a viver.

O Fabinho vai tomar banho. São oito e vinte e três da manhã, me esforço para abrir os olhos após cada piscada, não consigo contar por quantas horas ainda preciso ficar acordada, só quero que o dia acabe, que o tempo volte, que tudo seja diferente, que a Júlia exista e bote fim neste tormento. Eu quero sair de mim, do meu corpo, deste lugar de sofrimento, quero deixar minha cabeça num canto qualquer que não seja aqui, no meu pescoço, porque hoje o que ela carrega é pesado demais e não tenho força, a Júlia é quem sempre teve por mim. Ai, que segundos demorados, que minutos esticados, que horas sem fim.

Deixo as costas escorregarem pelo sofá e, quando o Fabinho sai do banheiro, me encontra deitada, de olhos fechados.

— ACORDA, BI! — ele grita.

Levanto num impulso só, o coração disparado.

— Que susto!

— Você dormiu! Já era — o Fabinho diz.

— Eu não dormi, estava só de olhos fechados.

— Mentira, bi. Você apagou.

Ele tem razão, eu dormi, não acredito, que droga, que ódio, vou ter que repetir tudo outro dia... Ou talvez eu desista dessa porcaria. Começo a chorar.

— Tudo bem, bi. Foram só uns minutinhos. Eu não demorei nada no banho — ele fala, arrependido por ter dito que eu tinha posto tudo a perder.

— Será, Fabinho? Será que ainda tá valendo?

Ele me abraça.

— Claro que sim, meu amor. Claro que sim. É muita coisa acontecendo com você. A Ju ia entender e ia considerar esse desejo cumprido, tenho certeza absoluta.

Não sei o que eu faria sem o Fabinho. Só ele para me fazer sentir um pouco melhor. E é dele também a ideia de andarmos de bicicleta para eu me acalmar. Voltamos morrendo de fome e almoçamos sanduíche de metro, comemos bolo de chocolate e nos entupimos de brigadeiro. Duas coisas que posso dizer categoricamente sobre passar tantas horas sem dormir: dá nos nervos e muita fome.

O dia vai passando, o Fabinho e eu vamos conversando, o assunto muda, mas toda hora cai nas coisas do coração. Ele me diz para dar uma chance ao Lucas, porque, admite, ele é um cara legal. Falo não sei quantas vezes que o que eu mais queria era me apaixonar pelo Lucas e que droga que não dá para escolher.

Finalmente sete horas da noite. Tomo outro banho e peço que o Fabinho ainda fique comigo. Ele aceita e dormimos os dois na minha cama até o dia seguinte, às onze da manhã. Eu me levanto, vou para a cozinha, tomo um copo de leite puro gelado e anoto na folhinha: "Saudade dos dezesseis".

TEM COMO FICAR MAIS DIFÍCIL?

Levo café na cama para o Fabinho. Mais sanduíche de metro, provavelmente os últimos que vamos conseguir comer nesta vida. E um café com leite para acompanhar. Sinto um cheiro ruim e começo a procurar de onde vem. Não demoro para encontrar o vômito da Belinha sobre a cama dela. Está cheio de plantas. Não vimos antes, deve estar ali há um tempão. Coloco a caminha na máquina de lavar e enfio Belinha debaixo do chuveiro. Quando saio, vejo o Fabinho com um envelope da Júlia na mão.

— Desculpa, bi, mas não resisti e abri — ele fala.
— O que é que diz aí?
— Cantar para uma multidão.
— Como é que é?

O Fabinho me entrega o envelope laranja e eu confiro se ele leu direitinho. Sim, é verdade. A Júlia quer que eu faça mesmo isso.

— Meu, sério, que louca! Ela está passando dos limites — falo, irritada.

— Você vai cumprir?

— De que jeito, bi? Eu não sei cantar e, além do mais, como vou fazer isso pra uma multidão?

— Sei lá...

Ficamos em silêncio, pensando em alternativas para cumprir mais essa "ordem" insana da Júlia para mim.

— E se você for de novo até a Paulista, com um microfone e um amplificador? — Fabinho pergunta.

— Mas eu não vou conseguir juntar nem meia dúzia de gente, com a minha voz e a minha afinação.

— De repente as pessoas se aglomeram pra ver quem é a sem noção que está cantando sem saber cantar no meio da Paulista.

— É uma ideia...

Pensamos um pouco mais.

— LÓGICO, BI! — Fabinho dá um grito e pula da cama. — Pede ajuda pro Rafa Moraes.

— Nossa! Esqueci completamente do Rafa. Eu disse que escreveria pra ele hoje de manhã.

Pego o celular e digito:

Oi, Rafa. Tudo bem? Acabei de chegar de viagem.

Enquanto escovo Belinha, recebo a resposta:

Que azar o seu, gatinha. Tive que voltar pra Curitiba, a campanha mudou pra quarta. Hoje não vai rolar. Beijo do Rafa Moraes. Na sua boca.

— Ai, Fabinho... Será que eu peço a ajuda dele?

— Ele acabou de mandar um beijo na sua boca. Pede, ué! O máximo que vai acontecer é ele dizer que não pode fazer nada.

— Imagina cantar pra uma multidão? Quantas pessoas precisa ter pra ser uma multidão? Vinte é mais que suficiente.

— Vinte, bi? Até parece que isso é multidão. Tem que ter umas cem, eu acho.

— Onde eu vou arrumar cem pessoas pra cantar na frente delas? Fora a vergonha, bi! Deixa pra lá... Eu vou parar com essa lista idiota. Ela me trouxe mais problemas que coisas boas.

— Tem certeza? — O Fabinho aponta para a Belinha, que está puxando uma calcinha minha de dentro da gaveta entreaberta.

KKKK

Não vejo a Lorena na escola. Prefiro não sair da sala de aula. No próximo fim de semana tem prova do Enem e quero aproveitar cada minuto para estudar. Acho que já está um pouco tarde para garantir uma boa nota, mas ainda dá tempo de tentar. Vou focar em exatas, que é onde tenho mais dificuldade. De qualquer jeito, decido que não vou procurar a Lorena. Sei que fui babaca, mas talvez seja melhor a gente se afastar de vez. Não consigo dar a ela o lugar que sempre pertenceu à Júlia e que vai permanecer dela, mesmo que para isso tenha de continuar vazio. E a Lorena também não merece que eu não me entregue à nossa amizade. O que me consola é que está acabando: o ensino médio, o Delta, a adolescência. Ano que vem vai ser diferente, eu sei que vai. Preciso dar um tempo na lista, preciso dar um tempo do Lucas, do Rafa, do Nico, preciso dar um tempo de tudo e focar no que realmente importa — e eu gostaria de descobrir o que é.

Também não vou à aula de dança, sei que seu Toninho não vai estar lá mesmo, então prefiro estudar. Os três meses que paguei na Passo a Passo já estão vencendo e não sei se vou continuar.

A semana passa num instante, sem mensagens da Lorena, do Lucas ou do Rafa Moraes. Prefiro assim. No fim de semana, faço as provas e tenho certeza de que não me saí tão bem. Para a Fuvest falta ainda um mês, então é a isso que vou me dedicar. Explico para o Fabinho que prefiro dar um tempo de tudo e ele entende. Diz que posso procurá-lo a hora que eu quiser e jura que não está triste comigo.

— Você está perdida, bi. É hora de colocar essa cabecinha no lugar.

Estou mergulhada nos livros, Belinha e Tião me fazendo companhia, quando sou surpreendida por uma mensagem de um número que não tenho salvo no celular:

Olá, minha querida. Eu me rendi, então, a essas modernidades só para poder me comunicar com você. A Mirtes disse que é assim que vocês, jovens, conversam hoje em dia.
Eu: Seu Toninho!

Um tempo depois...

Seu Toninho: O próprio.
Eu: Que saudade! Como o senhor está?

Bastante tempo depois...

Seu Toninho: Com o perdão da expressão, estou de saco cheio de ficar em casa, deitado na cama. Mirtes e Isabel, a nossa ajudante, ficam me tratando como se eu fosse um velho que quase morreu do coração. Não me dão comida gostosa, não me deixam sozinho um minuto sequer. Uma chatice!
Eu: Que injustiça o que estão fazendo com o senhor! A dona Mirtes é uma pessoa horrível mesmo... kkk
Seu Toninho: O que é kkk?
Eu: kkkkkk são risos. É uma gargalhada.
Seu Toninho: kkk.
Eu: Mas o senhor está se sentindo bem? Tem alguma dor?

Muito, muito, muito tempo depois...

Seu Toninho: Não sinto nenhuma dor. Estou ótimo. Parece que não aconteceu nada. Mas que diacho vocês gostam de ficar digitando nessas letrinhas miúdas? Não é mais fácil telefonar?
Eu: kkkk

Ligo para seu Toninho. Ele atende e a voz parece ainda fraquinha. Quero saber se ele já pode receber visitas e claro que sim, ele me diz. Conto de Tião e Belinha e digo que vou mandar uma foto dos dois para ele conhecê-los. Seu Toninho pergunta como estão meus pais, o estudo e tudo o mais. Conversamos por quase meia hora e nos despedimos, mas não sem antes seu Toninho me lembrar que prefere que eu substitua a visita que pretendo fazer a ele por uma à tia Lili.
— Posso fazer as duas coisas — digo, mando um beijo e desligo.

O SEGREDO

O Lucas está chateado comigo. Se havia dúvida sobre isso, agora tenho certeza. Ele não me procurou, nenhuma mensagem ou um oizinho sequer. Sigo também calada, sumida, tocando minha vida sem ninguém para perturbar. Na escola continuo sem sair da classe, não quero conversar, nem com o pessoal que foi no meu aniversário, nem com o Fabinho. Só o que me deixa feliz, se é que podemos chamar assim, é ficar com Belinha e Tião na minha casa, no meu quarto, na minha cama. E também fazer aulas de direção. Estou adorando dirigir. No mais, estudo por obrigação, porque não encontro prazer algum nos livros.

Minha mãe diz que está preocupada, quer me levar a um psicólogo, não entende o que aconteceu.

— Você parecia estar retomando a sua vida, fazendo um monte de coisas da lista que a Júlia deixou.

— Tá tudo bem, mãe.

— O que houve? O que aconteceu de repente pra você ficar assim de novo, sozinha, quieta, sem se interessar por nada?

— Tô estudando muito, só isso.

O que é verdade. O tempo inteiro estou com caneta, caderno e computador na mão. Começo a faltar na escola, já tenho média em todas as matérias, perdi apenas uma semana quando a Júlia morreu, então não tenho com que me preocupar. Só não deixo de assistir aos aulões de revisão geral que os professores estão dando para ajudar nas provas do vestibular. Minhas notas nos simulados só me garantem vaga em universidade particular. Ferrou, porque preciso entrar na pública. Uma boa faculdade está cara demais. Quem consegue pagar seis, sete ou até nove mil por mês?

Fora estudar, a única coisa que ainda faço é dançar. Não porque quero, mas porque prometi à dona Mirtes que a ajudaria. Faz duas semanas que ela começou a frequentar a Passo a Passo. Recebi uma mensagem no meu celular e, desde então, ela se tornou a minha companhia na aula.

O número era o mesmo do seu Toninho e a mensagem dizia:

Seu Toninho: Nos vemos na terça?
Eu: Claro, seu Toninho. O senhor já pode voltar?
Seu Toninho: É a Mirtes. Você vai me ajudar?
Eu: Claro, dona Mirtes. Pode contar comigo.
Dona Mirtes: Obrigada, querida. Não diga nada para o Toninho.
Eu: É segredo nosso. Prometo.
Dona Mirtes: Dá pra apagar isso que escrevi aqui?

DOIS GRAUS DE SEPARAÇÃO

Que graça é a dona Mirtes dançando. Outra com um talento oculto revelado só no extremo da vida. E a felicidade estampada no rosto dela? Uma fofura. Dona Mirtes e seu Toninho, mais que amigos ou avós postiços, são inspiração para mim. A inspiração de que eu preciso neste momento. A que talvez me ajude a enxergar que tenho só dezoito anos e tantas coisas para experimentar. Volto da Passo a Passo com esse pensamento e um tiquinho mais empolgada para tentar cumprir o desejo que a Júlia deixou para mim, aquele de cantar para uma multidão. Não sei como fazer isso, não tenho ideia, talvez não seja possível. Mas preciso tentar antes de desistir. Não sei o que vai acontecer quando a lista acabar, como vou seguir, o que da Júlia vai restar, não sei, não sei de nada, mas eu só tenho dezoito e não preciso saber de tudo. Tenho que cumprir esse desejo, essa é a minha missão no momento. E falta pouco, tão pouco. Vou conseguir, Ju. Nenhuma das suas maluquices vai ser maior que a minha.

Enquanto não descubro como realizar esse desejo, volto aos livros. Tenho certeza de que não vou conseguir entrar na USP, na UFRJ ou na Unicamp. Estou certa de que meus planos de estudar em uma faculdade pública vão ser adiados em pelo menos um ano. E tudo bem, porque o tempo é um relâmpago, né, Juju? Mas, ainda assim, finjo para mim mesma que tentei, que não é caso perdido. Por isso passo até oito, nove horas por dia estudando.

E é em um desses minutos, algum minuto desorientado, que perdeu o rumo provavelmente entre história e inglês, que chego à conclusão de que o Fabinho estava certo: se alguém pode me ajudar a cumprir o desejo de cantar para uma multidão, esse alguém é o Rafa Moraes. Na teoria dos seis graus de separação — aquela que garante que apenas seis indivíduos nos distanciam de qualquer pessoa no mundo —, a partir do Rafa, devo estar a dois ou três passos de algum cantor famoso, que pode me ajudar.

Mando uma mensagem na cara de pau, contando da lista e explicando ao Rafa que ele é o único capaz de me salvar. Pouco tempo depois recebo a resposta:

>Rafa: Oi, Gabizinha. Que história mais doida essa sua. Como você não me contou isso antes?
>Eu: Não achei que você pudesse se interessar.
>Rafa: Quando você vai entender que eu me interesso por você?
>Eu: Que fofo!
>Rafa: Claro que eu conheço alguém que pode te ajudar.
>Eu: Sério, Rafa? Que demais! Desculpa te pedir isso, mas não faço ideia de como realizar esse desejo sem a sua ajuda.
>Rafa: Relaxa, Gabizinha. Tamo junto. Vou dar um jeito e aviso você. Beijo do Rafa Moraes. Na sua boquinha linda!

E deu vontade (mesmo!) de que ele estivesse aqui para eu deixar meus lábios ganharem esse beijo que ele sempre me manda.

COISA DE VÓ

Chegou o dia do vestibular. Acho até que fui bem, mas não devo ter alcançado a nota de corte. Meu tempo no Colégio Delta acabou e o ano praticamente chegou ao fim. Alguns enfeites de Natal começam a surgir, tímidos, nas ruas de São Paulo. Eu costumava adorar isso. Ver as luzes iluminando a cidade, o clima de férias, comemorações e expectativa pelo recomeço. E me pergunto se um dia vou voltar a gostar.

Todo esse tempo sem notícias do Lucas. Estou sempre de olho no que ele publica, e várias vezes a loira bonita está com ele. Talvez seja uma garota com quem ele fica de vez em quando, talvez seja só uma amiga. E, por falar nisso, a nossa amizade certamente morreu, e é mais uma perda que eu tenho que aprender a aceitar. Sinto falta. Já me percebi algumas vezes, celular na mão, escrevendo mensagens que apago antes de enviar. Para o Lucas e para a Lorena também. Falo com o Fabinho todos os dias e é uma pena, ele nem imagina, mas já não me basta. Queria mais.

Aproveito o tempo livre para visitar seu Toninho. Ele está bem, não se queixa mais do cansaço ou de não poder fazer algumas das coisas a que estava acostumado. Tem esperança de em breve poder retomar a rotina. O bom é que nem desconfia do que eu e dona Mirtes estamos tramando. Não vejo a hora de chegar o dia em que ele vai realizar o sonho de dançar com a esposa para comemorar sessenta anos de casados. Outra vez seu Toninho me cobra visitar a tia Lili. Estou cansada de prometer em vão que vou fazer isso, porque não sei se quero, não sei se vou. Mas minto e peço paciência, seu Toninho. Quando meu coração estiver pronto, ou um tiquinho só menos machucado, talvez ache fôlego para bater na presença dela.

E os dias correm tanto que nem consigo acompanhar. Não passei na primeira fase da Fuvest e vou ter que procurar um bom cursinho. Agora já é véspera de Natal e não fomos visitar a vovó e o vovô. Estou com saudade, mas meu pai tem que trabalhar logo no dia 26. Talvez eu vá passar o mês de janeiro com eles no Rio Grande do Norte.

Pisco os olhos e é Réveillon, estou em casa, com meus pais, na frente da televisão, esperando a contagem regressiva. Em dez segundos vou dizer adeus ao ano mais difícil da minha vida. Em seis segundos vou desejar nunca mais sentir tanta dor. Em dois segundos, suspiro e rezo por dias mais felizes. Os fogos são lindos, e não tem como não se emocionar. Sempre passei o Ano-Novo na praia, é a primeira vez que estou em São Paulo, dentro de casa, sozinha com meus pais. É bonito de ver, mas a alegria está dentro da TV, então prefiro ir deitar.

Acordo no novo ano com uma mensagem de felicidades, e é do Rafa Moraes. Sorrio, mas no íntimo queria que fosse do Lucas. Não o imaginário, com a aparência do Nico. O de verdade, com o nariz grandinho, as sobrancelhas grossas e as pernas um pouco mais finas que o ideal. O Lucas que sabe o que me dizer, com quem consigo conversar. Estou arrependida por tê-lo tratado de forma tão indiferente. Eu estava cega e agora é tarde demais.

Eu: Obrigada, Rafa. Pra você também.
Rafa: Eu não esqueci o que me pediu. Minha amiga vai fazer um show no aniversário de São Paulo. Acho que pode ser perfeito pra você.

Eu: Sério? Que amiga?
Rafa: Milla Reis.
Eu: MILLA REIS??!!
Rafa: kkkk
Eu: Mas ela é muito famosa. Vou ter que cantar em um show da Milla Reis?
Rafa: Ué! Você não me pediu pra ajudar? Se é pra fazer, melhor arrebentar.
Eu: Mas eu sou péssima, Rafa. Não sei cantar. Sou horrível!
Rafa: Tudo bem. O que vale é a sua história. Isso vai comover tanto as pessoas que ninguém vai reparar se você canta bem ou mal.
Eu: Vou virar meme...
Rafa: Depende de como a gente fizer. Relaxa e deixa comigo, Gabizinha.

Relaxar? Como eu posso relaxar sabendo que vou cantar para milhares de pessoas? Que vergonha! Júlia, sua sacana, não acredito que você fez isso comigo. Não acredito! Tomara que a Milla Reis não concorde. Tomara tomara tomara.

Viajo para Natal para ver meus avós. Vou sozinha, porque meus pais estão trabalhando feito doidos. Como freelancers, não podem recusar nada que aparece, e, diferentemente dos anos anteriores, em que janeiro foi fraco, tem um monte de projetos rolando. Passo os dias alternando entre idas à praia de Ponta Negra, cochilos e papos com vovô e vovó. Estou no paraíso. Aqui consigo relaxar e deixar de pensar na Júlia. Ela veio uma única vez comigo, então é fácil não ter a memória da minha amiga em cada canto do apartamento. Também dá para deixar um pouco de lado a ausência do Lucas, a frustração, embora já esperada, de não ter uma faculdade para cursar neste ano. Mas aqui isso tudo passa. Vovó tem esse poder sobre mim. É uma pessoa iluminada, não leva a vida tão a sério, sabe rir de si mesma e dá às coisas só o peso que têm de verdade. Só viajou de São Paulo para Natal e tem certeza de que a felicidade mora onde a gente está. Ela acredita realmente, do alto da sua vida, que o que é nosso está guardado, como diz, e não dá para mudar.

OLHA ISSO, JÚLIA!

É na luz dos refletores que encontro conforto para essa situação tão tão tão inacreditável. Olhar para ela me faz desviar o foco dos milhares de pessoas à minha frente, esperando que eu comece a cantar. Do meu lado direito está o Rafa Moraes, com um sorrisão no rosto e certamente orgulhoso de si por ser o único capaz de me ajudar na realização desse desejo e, mais que isso, por ser o mártir, o benfeitor proporcionando a uma pobre garota órfã de melhor amiga a possibilidade de homenageá-la em um show da tão incrível quanto ele Milla Reis. E não penso isso com maldade ou ridicularizando o Rafa. Penso porque sei que é exatamente assim que ele se sente neste momento. À minha esquerda, Milla Reis não aparenta estar muito contente. Sorri, afinal está sendo observada por sua legião de fãs e não pode desapontá-los. Mas algo em mim a incomoda, posso dizer.

A banda começa a tocar e a plateia grita. A Milla começa a explicar o que estou fazendo ali no palco, conta a minha história com a Júlia. Diz que o Rafa Moraes nos apresentou e que, diante do fato de eu ter perdido a minha melhor amiga e da dor enorme que devo estar sentindo, é um enorme prazer para ela poder me ajudar a realizar o desejo de alguém tão especial para mim. Chama até de privilégio fazer parte deste momento da minha vida e ainda pede a Deus que me dê forças. Não só a mim, mas à família da Júlia e a todas as pessoas no mundo que, de alguma forma, estão vivendo algo semelhante. O discurso é lindo, não tem como negar.

A Milla, então, imposta a voz e, depois da primeira frase da canção, me incentiva com um movimento de cabeça a cantar também. Conheço a música, porque aproveitei meus dias em Natal para ouvir e decorar todo o repertório dela. Não podia correr o risco de passar uma vergonha maior ainda errando ou esquecendo a letra, que, aliás, me cai como uma luva.

Não tem mais volta. Do ponto onde estou, ou eu canto ou finjo um desmaio e sou tirada daqui pelos bombeiros. Não sei qual das alternativas me arruinaria de uma vez. Começo a cantar com a Milla e ouço todos da plateia nos acompanhando. Minha voz sai tão trêmula quanto minhas mãos estão. O microfone mal para perto da minha boca.

>
> Eu olho pra frente e não vejo nada,
> Tudo ficou para trás.
> Por favor me estenda a mão,
> A sua ausência dói demais.
>
> Queria enxergar um futuro,
> Casa amarela,
> Cerca e não muro,
> Mas a escuridão, ela me abraça.
>
> Os sonhos estão escondidos,
> Sumidos em qualquer lugar.
> Os desejos, entorpecidos,
> Estou perdida no ar.

Volta pra mim, vem, minha vida.
Preciso curar minha ferida.
Volta pra mim, vem, meu amor.
Acaba de vez com toda essa dor.

    Não consigo repetir o refrão. Estou chorando e minha voz não sai. Não me importo se estou passando vergonha, porque esta é a coisa mais emocionante que já vivi. Abaixo o microfone e enxugo as lágrimas. E é quando o Rafa se aproxima, vira meu rosto e me beija. Na boca. Assim, diante deste mundaréu de gente. Não vou mentir, estou adorando cada segundo, não dá para transformar em palavras a sensação. É única. É surreal. A multidão assobia, aplaude e ouço um pequeno grupo, perto do palco, gritando "Júlia Júlia Júlia". E então, em poucos segundos, o nome dela ecoa por todo o lugar, estão todos chamando pela minha amiga.
    Espero que você esteja vendo, Júlia, porque este momento é, sem dúvida, o ápice da nossa vida.
— Obrigada, Rafa — falo no ouvido dele.
— Obrigado você.
E outra vez ele me beija.

VITÓRIA

Ficamos no backstage até o fim do show da Milla. Ela deixa o palco, então se despede secamente de mim e com um abraço bem caloroso no Rafa. Certeza que já tiveram alguma coisa (ou ainda têm, não sei). Saímos do show e, no caminho até o estacionamento, não consigo parar de falar sobre o que aconteceu. Fico repetindo as mesmas coisas, e o Rafa dá risada e elogia minha atuação.

— Para! — reclamo. — Eu tava horrível. A mais desafinada do mundo.

— Tava desafinada mesmo, mas eu falei que ninguém ia ligar. Você tem uma voz bonita, sabia? Pena que não tem talento nenhum. — Ele ri.

Dou um tapa em seu peito. Entramos no carro e o motorista pergunta para onde vamos.

— Pro hotel — ele diz.

— Você não ia me deixar em casa?

— Achei que depois de uma noite dessas você não ia querer ir pra sua casa.

O Rafa me beija, e como é gostoso o beijo dele. Fico quieta e deixo que me leve para o hotel.

— Já deve estar na internet — ele diz, pegando o celular.

— O quê?

— Tudo. Você cantando, eu te beijando. Vai dar uma puta repercussão.

Encontramos o vídeo e assistimos. Ele vai narrando o momento em que segura o meu rosto para me beijar.

— Demais — diz.

— Então foi por isso que você me ajudou? Foi por isso que me beijou?

— Gabizinha, querida, a gente precisa saber aproveitar as oportunidades. Claro que não foi só por isso. Eu fiz porque sabia que era importante pra você, mas, já que a gente tava ali, por que não aproveitar a situação pra fazer um pouco de barulho, de marketing?

— Inacreditável. — Não sei se estou brava, chateada ou se simplesmente não ligo muito para a atitude dele.

— Não fica assim, Gabizinha. — Ele me beija mais uma vez.

Eu entendo que tipo de pessoa é o Rafa Moraes, que nunca vamos ter alguma coisa de verdade, duradoura, e que o que ele está fazendo comigo poderia ser com qualquer outra. Eu não sou especial para ele, sou só uma garota que ele quer levar para a cama e que tem uma história da qual ele pôde tirar algum proveito. Mas não estou preocupada com isso. Não hoje. Não agora. Eu sei o que vai acontecer quando entrarmos naquele hotel, quando subirmos para o quarto dele. E eu quero. Não estou me sentindo mal porque, na verdade, sou eu quem está usando o Rafa Moraes.

E tudo acontece como eu imaginei. Subimos para o quarto. Ele beija minha boca, meu pescoço, meu ombro, abaixa a alça da minha blusa e me deita na cama. A minha primeira vez acontece em um quarto incrível de um hotel cinco estrelas com um ator famoso e lindo, depois de eu ter cantado uma música ao lado da Milla Reis. Não que seja uma disputa, mas acho que está claro quem saiu ganhando. Né, Rafa?

A PRIMEIRA DO ANO

O Rafa me convida para dormir no hotel. Ele foi um fofo, supercarinhoso comigo. Sabia que era a minha primeira vez e foi muito delicado. Mesmo assim, prefiro ir para casa. Ele lamenta, pergunta se não quero entrar na banheira com ele e a proposta é tentadora, mas, de verdade, não quero. Eu me despeço com um longo beijo, pego o elevador, atravesso o saguão do hotel e entro em um táxi estacionado logo à frente.

Chegando em casa, vou direto para a cozinha, paro em frente à geladeira e faço a primeira marcação na nova folhinha: "Preciso curar minha ferida".

FAMOSA QUEM?

A cordo no dia seguinte com uma mensagem no celular.

Lucas: Agora entendi por que você sumiu.

E me encaminha um link. Clico para ler a notícia:

Ao lado de Milla Reis, fã canta para homenagear amiga morta e ganha beijo de Rafa Moraes

Um fato inusitado aconteceu ontem durante o show de Milla Reis: uma morena misteriosa subiu no palco e cantou a música "Perdida no ar" ao lado da artista. A intenção da garota era prestar homenagem à melhor amiga, que morreu em um acidente de carro no ano passado. A cantora aceitou dividir o palco com a menina porque o pedido partiu do ator e youtuber Rafa Moraes, que, no fim da apresentação, deu um beijo na boca da jovem.

Emocionada, a menina parou de cantar antes que a música terminasse, mas o público seguiu entusiasmado acompanhando Milla. Ao fim da canção, a plateia gritou repetidamente "Júlia", o nome da amiga da garota.

Em suas redes sociais, Rafa garante que a morena não é sua nova namorada: "Eu estava ajudando uma amiga a homenagear uma pessoa especial para ela. E nos deixamos levar por um momento de muita emoção. Nada além disso".

Junto à notícia, tem o vídeo que me mostra cantando e o momento em que o Rafa me beija.

Fabinho: Bi, sua loka!!! Como você foi cantar num show da Milla Reis e não me convidou pra ver de pertinho?
Eu: Oi, Fabinho. Você viu o vídeo?
Fabinho: Lógico! Todo mundo viu!
Eu: Ficou bravo comigo?

Lucas: Você desapareceu porque está ficando com aquele cara.
Eu: Se você leu a matéria, sabe que nós somos só amigos.
Lucas: Pelo vídeo parece que são muito mais.

Fabinho: Lógico que sim!
Eu: Desculpa, bi. Eu ando fazendo tudo errado.

Eu: E foi você quem sumiu, não eu.
Lucas: Depois do que você fez no seu aniversário, achei que devia te dar espaço.
Eu: Eu entendi que você não queria mais falar comigo.
Lucas: Você estava dando em cima do Nico na cara dura, Gabriela.

Fabinho: Só tá fazendo cagada mesmo.
Eu: Mas o que você achou?
Fabinho: Eu não devia falar, mas você tava maravilhosa! E o beijo do Rafa? Quase morri.
Eu: Ele se aproveitou da situação, né?

Fabinho: E daí? O que importa é que o Rafa Moraes te beijou na frente de bilhões de pessoas! E VOCÊ NÃO ME CHAMOU PRA VER ISSO!!!

Eu: Não entendo por que você está cobrando isso tudo de mim.
Lucas: Tem razão. Não somos nada um do outro, e eu não devia ter voltado a procurar você. Vou te deixar em paz.

Eu: Desculpa, bi?

Eu: Desculpa, Lucas. Eu não quero que você me deixe em paz.

Fabinho: Imperdoável.

Eu: Lucas?

Eu: Ah, Fabinho, por favor. Não vou aguentar perder você também. Por favor!
Fabinho: Vou guardar essa mágoa pro resto da vida.

Eu: Então vai ser desse jeito? Você vai ler as minhas mensagens, mas não vai mais responder?
Eu: Não queria que fosse assim. De verdade, não queria.

HIPOCRISIA

Insuportável ser famosa. Cada comentário que deixam a meu respeito é um teste à minha autoestima, que, convenhamos, nunca foi lá muito grande. Um monte de gente escreveu que sou péssima, desafinadíssima. Ok, mas acho que vale lembrar que nem cantora eu sou. Muitas garotas me detonam, me chamando de feia e questionando o interesse do Rafa Moraes em mim. Desisto de continuar acompanhando as ofensas gratuitas e aproveito para dar uma espiadinha nas redes do Lucas. Descubro que, enquanto eu me expunha para a alegria desse bando de gente babaca que não tem o que fazer além de criticar a vida alheia pela internet, o Lucas beijava a boca daquela loira. A mesma que sempre está por perto. Não há dúvida de que eles são muito mais que amigos e desejam que o universo inteiro testemunhe isso. É impossível me conter.

> Eu: Engraçado você me escrever querendo tirar satisfação sobre o Rafa enquanto publica uma foto beijando outra.

Ele leu. Vejo que está digitando alguma coisa. Não recebo nenhuma mensagem, sinal de que apagou. Espero um pouco e nada, desistiu. Vou tomar banho e quando saio vejo a resposta:

Lucas: Ela é só uma amiga.

Eu: O Rafa também.

Lucas: Eu não devia ter cobrado você de nada. Mas fiquei maluco quando vi.

Eu: Maluco a ponto de esquecer que estava fazendo a mesma coisa com outra garota?

Lucas: Que não significa nada pra mim.

Eu: Ela sabe disso? Porque não é o que parece. Pra ela ter marcado você na foto, é porque quer que todos os seus amigos vejam vocês se beijando.

Lucas: Eu nem sabia que tinham tirado essa foto.

Eu: E eu nem sabia que o Rafa Moraes ia me dar um beijo enquanto eu estava em cima de um palco passando a maior vergonha da minha vida e tentando realizar mais um desejo da Júlia. Ele se aproveitou da situação pra fazer marketing. E pelo jeito deu certo. Você tem alguma história parecida que justifique a foto que eu vi? Acho difícil.

Lucas: Não, não tenho. Minha história é comum. Essa menina é uma amiga com quem eu já fiquei algumas vezes.

Eu: O Rafa Moraes é um cara com quem eu já tinha ficado uma vez, que me ajudou e, ao mesmo tempo, se aproveitou disso pra aparecer. Como se ele precisasse de mim pra qualquer coisa...

Lucas: Desculpa. Eu não tinha o direito de cobrar nada de você.

Eu: Não mesmo. Ainda mais depois de ter desaparecido por tanto tempo.

Lucas: Eu já disse o que aconteceu. E você também não apareceu.

Eu: Olha, Lucas, a minha vida estava e ainda está de ponta-cabeça. Eu me perdi no meio de tudo o que aconteceu. Não sei mais quem eu sou, como eu sou, porque tudo o que eu tinha de referência de vida era da Júlia e com a Júlia. Eu sei que o que fiz no meu aniversário não foi legal, mas você sumir sem falar nada foi pior. Ainda mais depois de a gente ficar acordado a madrugada toda conversando.

Lucas: Acho que ficar tentando entender quem fez a maior cagada não vai mudar nada do que aconteceu.
Eu: É... Também acho.
Lucas: Sinto sua falta.
Eu: E eu a sua.
Lucas: Podemos voltar a conversar?
Eu: Sem pressão? Porque eu não posso nem vou te prometer nada.
Lucas: Posso fazer uma última pergunta que talvez pareça que estou te colocando contra a parede? Juro que é a última.
Eu: Posso não responder se eu não quiser?
Lucas: Aí não faz muito sentido eu perguntar.
Eu: Tá, pode.
Lucas: Você sente alguma coisa pelo Nico?

Desta vez sou eu quem começa a digitar e depois apaga. Eu gosto do Lucas e quero que ele faça parte da minha vida, mas preciso ser sincera e falar de todo o coração. Então volto a escrever:

Eu: O Nico é um garoto que eu mal conheço, mas acho muito interessante.
Lucas: Todas as meninas acham.
Eu: E eu lembrava dele daquele dia na Paulista. Na verdade, eu achava que era com ele que estava conversando antes de a gente se conhecer.
Lucas: Sabia! Eu tinha certeza que era isso. E aí você ficou decepcionada por ser eu e não ele.
Eu: Não é isso. Não coloca palavras na minha boca. Mas eu criei, sim, uma fantasia em torno disso tudo. O dia do meu aniversário foi horrível, eu estava mal, triste e, quando vi o Nico, não soube como agir. Não vou mentir e fazer de conta que ele não me atrai, assim como o Rafa Moraes. Mas isso não quer dizer que eu sinta qualquer coisa por eles. Com você é diferente.
Lucas: Você não tem atração por mim, eu sei.

Eu: Eu estava me referindo à parte do sentimento.

Lucas: Você não tem ideia de como fico feliz de ouvir, opa, de ler isso.

Eu: Lucas, eu não tô prometendo nada.

Lucas: Eu sei. Mas não dá pra fingir que eu não gostei. Vou ali na rua dar um grito de felicidade pra todo mundo ouvir e já volto.

Eu: Tonto.

Lucas: Abraço.

Eu: Beijo.

Lucas: Beijo pra você também.

ENFIM

— Alô. Tia Lili?
— Aqui é a Eliana. Quem fala?
— Oi, tia. É a Gabriela.
— ...
— Alô... Alô... Tia, você tá aí?
— Desculpa. Eu tô, sim.
— Eu, eu... Eu tava pensando... É que... Eu tô com saudade. Queria ver vocês.
— ...
— Tia? Eu tô atrapalhando?
— Claro que não, querida. — A voz dela está falhando. — Também estou com muita saudade. Quer vir aqui em casa?
— Quero.
— Quando?
— Agora?
— Tô esperando você.

Vou até o quarto, pego os envelopes, guardo na bolsa e caminho até a casa da Júlia.

Parece que tem alguém tocando um bumbo dentro de mim. Estou parada em frente ao portão do sobrado, neste lugar que conheço tão bem. Tantas e tantas lembranças, tenho que me segurar, preciso ser forte, quero muito e não quero chorar. A tia Lili deve estar devastada demais para ter de se preocupar comigo. Bato palmas, a campainha ainda não funciona, ela aparece na janela, dá uma espiada, pouco depois a porta se abre e a tia Lili vem me receber. Está tão magra, um pouco diferente, com o cabelo bem curtinho, mas o sorriso é o mesmo de sempre. Mal termina de abrir o portão e já me abraça. Tão forte. Eu não vou chorar, eu não vou chorar, por ela, não posso. A tia Lili segura a minha mão e me leva para dentro. A casa está arrumada, por aqui nada mudou.

A não ser tudo.

Ela me oferece um pedaço de bolo de laranja, eu aceito. Tia Lili sempre cozinhou muito bem.

— Você tá linda.

— Obrigada, tia.

— Senti muito a sua falta.

— Eu também.

— Como estão todos na sua casa?

— Tudo bem. O que mudou é que agora nós temos dois cachorrinhos, a Belinha e o Tião.

Pego o celular e mostro algumas fotos.

— A sua mãe me contou. Nem acreditei que ela aceitou isso.

— Ela teve um motivo forte. Foi a Ju quem pediu.

Tia Lili arregala os olhos. A expressão me deixa desconfortável, porque um dos maiores medos que eu tinha de vir visitá-la era justamente não saber se podia falar na Júlia ou se seria melhor evitar qualquer assunto ligado a ela.

— Como assim? — tia Lili pergunta.

— Ela me deixou isto. — Pego os envelopes dentro da bolsa e vou mostrando e explicando um a um.

Conforme vai abrindo as cartas, o queixo dela começa a tremer, mas é um riso que sai no lugar das lágrimas.

— Não acredito... E você fez tudo isso, Gabriela?

— Fiz, um por um. Os mais loucos foram saltar de paraquedas e cantar para uma multidão. Mas ainda falta abrir estes. — Mostro os envelopes cinza e branco, de números 9 e 10. — Tenho até medo de saber o que aquela biruta anotou nestes aqui.

Rimos. Conto para a tia Lili como foi realizar cada um daqueles desejos. Ela parece feliz de ouvir e deixa escapar algumas vezes que gostaria de ter visto. Talvez eu devesse ter compartilhado tudo com ela, talvez fosse ela a companhia de que eu precisava para cumprir todos eles. Estou arrependida de tê-la excluído disso, de tê-la afastado da minha vida. Falo também de como foram os dias na escola sem a Júlia, como eu sobrevivi a isso tudo, mostro a redação que fiz, com a nota 10 do professor escrita com caneta vermelha. Brinco que ninguém teria coragem de me dar uma nota menor que essa, por pior que meu trabalho estivesse. Tia Lili concorda, dá risada. Mas sua fisionomia vai mudando enquanto lê a redação.

— Você ainda se sente assim? — ela pergunta.

— Tem dias que sim, tem dias que não, uma gangorra. Ainda é difícil entender o que está se passando aqui dentro. — Coloco a mão no peito.

— Pra mim também, pro Matheus e pro Beto, principalmente.

— Ele se culpa, né?

— Todos os dias. E ninguém consegue tirar isso da cabeça dele.

— Tadinho.

— Mas agora ele tá começando a melhorar. Tá frequentando reuniões, indo a um psicólogo. Na verdade nós três estamos, e tem sido fundamental, sabia? O Beto voltou a trabalhar já faz um tempo. A empresa dele foi bem bacana, o chefe então... Eles foram compreensivos, afastaram ele por um bom tempo, pagaram o tratamento. A gente achou que iam mandar ele embora, mas não mandaram, não, graças a Deus.

— Que bom, tia.

— Daqui a pouco ele deve chegar. O Matheus vem bem mais tarde, por causa da faculdade.

Fico mais um tempo conversando com a tia Lili. Ela me conta que o quarto da Júlia ainda está igualzinho, que não teve coragem de se desfazer de nada. Eu não quero nem chegar perto e torço para que ela não me convide para ir até lá. Enquanto falamos, o tio Beto entra na casa e leva um susto quando me vê. Em segundos, já tem os olhos tomados de lágrimas. E me abraça muito forte, dizendo que é bom me ver. Engraçado que com a presença dele fico mais desconfortável. Penso se deveria dizer que ele não teve culpa, que foi um acidente, que ninguém nunca imaginou, mas nenhuma dessas palavras parece fazer sentido neste momento, porque eu sei que vão ser totalmente em vão. No fundo talvez eu o responsabilize um pouquinho, embora saiba quanto é injusto e cruel pensar assim.

A tia Lili vai logo mostrando meus envelopes e falando dos desejos. O tio Beto ri e quer saber o que eu fiz. E começo a contar tudo de novo, um pouco cansada de repetir tantas vezes a mesma história. Mas percebo que ele está feliz de ouvir, então me empolgo e descrevo as situações com mais detalhes ainda. Abro no celular o vídeo da internet em que dá para ouvir a plateia inteira gritando o nome da Júlia. Nem para a tia Lili eu havia mostrado ainda. Quando eles assistem, não tem jeito, não conseguem se segurar. O tio Beto parece um menino de tanto que chora. Eu não devia ter falado do vídeo, acho que seu Toninho estava errado e não sei mais se fiz bem em vir aqui.

— Desculpa, gente. Eu não devia ter mostrado pra vocês — falo, sem saber como agir.

— Claro que devia, querida. Desculpe não ter conseguido me controlar. Mas acho que foi a coisa mais emocionante que eu já senti na vida — o tio Beto diz.

E de novo bate o arrependimento por não ter envolvido os dois nisso tudo. Eles tinham o direito de ver aquilo pessoalmente. De repente preciso ir embora, preciso de um ar mais leve, e ele não está aqui dentro, não nesta casa. E me sinto mal outra vez por desejar estar longe deles. Tantos remorsos que já não cabem em mim, e cada vez menos suporto esse peso.

Então eu me despeço prometendo voltar logo, apesar de não ter muita certeza disso. Tia Lili faz um pedido antes de eu sair.

— Você pode abrir o penúltimo envelope aqui com a gente?

— Claro, claro que sim.

Entrego para ela a carta cinza e peço que faça as honras.

— "Fazer uma tatuagem em outro país" — ela lê e me olha com um risinho sem graça, entendendo o tamanho da roubada em que a filha me meteu.

MUDANÇA

Estou a caminho de realizar mais um desejo da minha amiga. Nenhum que ela tenha deixado na lista, mas sei que gostaria que eu fizesse.

Chego ao cabeleireiro e digo:
— Quero ficar loira.

Marquinhos me olha de cima a baixo e torce os lábios.
— Tem certeza? Melhor não.
— Que tal luzes? — pergunto.
— Ah, isso tudo bem.

Leva mais de três horas para a coisa toda acontecer. Amei. Perdi a cara de doente, de deprimida, pareço saudável, feliz. Marquinhos ainda dá uma repicada no cabelo e *voilà*.

Saio toda-toda do salão, balançando o cabelão e rebolando um tiquinho além da conta. Só paro quando sinto o celular vibrar no traseiro.

Uma mensagem do Rafa Moraes!

Achei que ele nunca mais iria me procurar, achei que já estava feliz por ter conseguido me levar para a cama, achei que desapareceria. Achei errado.

Rafa: Gabizinha, tudo bem?
Eu: Oi, Rafa. Tudo bem, e você?
Rafa: Com saudade. Quero te ver de novo.
Eu: Você vem pra São Paulo?
Rafa: Depois de amanhã.
Eu: Legal.
Rafa: Tenho trabalho o dia todo, mas a noite eu tô livre. Pensei que a gente podia jantar em algum lugar, no meu hotel, talvez...
Eu: Me liga quando acabar o seu trabalho.
Rafa: Beijo, Gabizinha. Na sua boca.

Não sei se quero encontrar o Rafa, mas ao mesmo tempo me pergunto: Por que não? O que eu tenho a perder? Não estou namorando o Lucas, não tenho compromisso com ninguém, não estou fazendo nada de errado, por que não posso me divertir?

Pouco tempo depois de guardar o celular, ele vibra outra vez. Nossa! É o universo reagindo ao meu novo visual. Só pode ser!

Lucas: Oi.
Eu: Oi.
Lucas: Tá fazendo o quê?
Eu: Andando.
Lucas: Cuidado pra não tropeçar.
Eu: Conheço cada buraco desta rua. E são muitos.
Lucas: Ainda não começaram as aulas no cursinho?
Eu: Não. Só daqui a duas semanas.
Lucas: Que moleza...
Eu: Mereço.
Lucas: Passei pra saber se está tudo bem e pra deixar um oi.
Eu: Oi... rs.
Lucas: Abraço.
Eu: Abraço.

Eu: Ei, ainda está aí?

Lucas: Oi.

Eu: Cheguei em casa e agora consigo conversar melhor. Você não vai acreditar no que a Júlia me mandou fazer agora.

Lucas: O quê?

Eu: Uma tatuagem em outro país.

Lucas: Sério?

Eu: Seríssimo.

Lucas: Esse sufixo nessa palavra é forte.

Eu: Fortíssimo! Tô ferrada. Como vou conseguir isso?

Lucas: Sua tia não pode te ajudar? Ela não é comissária?

Eu: É. Ela ficou de ver o que dá pra fazer. Eu não tenho grana pra comprar passagem pra outro país. E já estou dando muita despesa pros meus pais. Tô até pensando em procurar um emprego.

Lucas: Acho bacana. E, se der certo o lance de viajar pra fazer tatuagem, vai ser incrível.

Eu: Vai ser demais.

Lucas: Já sabe o que vai tatuar?

Eu: Não faço ideia. Nunca pensei em fazer tatuagem. É uma coisa tão definitiva, né?

Lucas: Faz alguma coisa relacionada à Julia, ué! Ela também é definitiva na sua vida.

Eu: Verdade. Mas o que eu poderia fazer? O nome dela?

Lucas: Pode ser. Ou algum desenho a partir da inicial dela, ou alguma coisa que ela gostava muito.

Eu: Boa ideia. Podia fazer a inicial dela e a minha.

Lucas: Pode ser. Pede pra alguém desenhar pra você. Seu pai não trabalha com arte? Ele não sabe fazer?

Eu: Vou perguntar pra ele. Obrigada, Lucas.

Lucas: Tô torcendo pra dar certo.

Eu: Eba! Abraço.

Lucas: Abraço.

Lucas: Ei, tá aí ainda?
Eu: Sim.
Lucas: Saudade de você.

O que eu respondo? O que eu respondo? Ai, meu Deus...

Eu: Também.

NORMAL

Rafa: Oi, Gabizinha. Vem aqui me ver?

Caramba! Eu tinha esquecido completamente do Rafa. Ai, que saco! Estava tão bom ficar em casa assistindo pela décima vez a *13 Reasons Why*, na companhia do Tião e da Belinha (que, aliás, acaba de fazer um furinho no meu colchão). Que preguiça, que preguiça. A droga é que, depois de conviver com a morte da Júlia e realizar os desejos da lista, eu me sinto na obrigação de aceitar qualquer convite que receba, como se não pudesse desperdiçar minha vida. Ainda bem que meu círculo é bem restrito, então são poucas as situações como essa que sou forçada a enfrentar.

Mas, em um momento de sensatez, paro por cinco segundos e percebo o drama que estou fazendo só porque o lindo do Rafa Moraes me convidou para jantar. Adquiri esse hábito idiota de transformar tudo em problema. Até o que deveria ser muito legal.

Eu: Vou. Onde você está?
Rafa: No mesmo hotel daquele dia.

Tomo banho, coloco um jeans, uma regata cinza, sandálias de salto, cabelo solto e cara limpa. Pego o carro da minha mãe emprestado, chego ao hotel, me anuncio na recepção e a moça diz para eu subir.

— Mas a gente não ia jantar? — pergunto para mim mesma.

Bato na porta da suíte, o Rafa abre e diz "uau".

— Você tá diferente. Mais bonita ainda.

— É o cabelo.

— Arrasou, gata.

E vai beijando a minha boca, me puxando para dentro do quarto e me deitando na cama. A segunda vez é bem melhor, estou mais relaxada, tranquila, sem expectativas e sem tanto medo. Namoramos um pouco antes de eu dizer que estou faminta. Ele liga para a recepção e pede o jantar.

— Por que a gente não desce no restaurante? — pergunto.

— É melhor aqui, mais gostoso, a gente fica mais à vontade.

— Acho que eu preferia descer.

— Ah, eu tô cansado, Gabizinha. Vamos jantar aqui mesmo, vai?

Concordo, mas estou desconfiada de que o Rafa não quer ser visto comigo. Enquanto esperamos a comida, ele me conta como foi seu dia, que veio filmar uma campanha para uma marca de roupas. E me enche os ouvidos com suas histórias e sua vida e si mesmo e tudo que gira ao seu redor. Enquanto o Rafa tagarela, penso no Lucas. Como seria se ele estivesse aqui comigo, neste quarto de hotel. Pela primeira vez eu enxergo essa possibilidade. E me vejo sorrindo, e deixa o Rafa pensar que é por causa do que ele conta, nem estou ouvindo. O jantar chega e, enquanto comemos, ele continua a falar sobre si mesmo e os dias incríveis que teve desde a última vez que nos vimos. Vou ficar porque estou faminta, mas queria mesmo era ir para casa. E entendo, enquanto o Rafa ainda fala, que desperdiçar a vida não é só deixar de fazer alguma coisa — é também fazer alguma coisa sem vontade. Não que eu me arrependa de ter vindo, porque o Rafa é, sim, fofo. E tudo o que aconteceu foi gostoso. E, de alguma forma, eu precisava passar por isso. Mas só reforça aquilo que eu já sabia.

— Rafa, você não é pra mim.

Sem querer, eu externo essas palavras. Droga! Inferno! Merda! Não queria... Lógico que ele para imediatamente de falar.

— Por que você está dizendo isso, Gabizinha?

— Desculpa, eu não queria... Nossa. Não sei nem o que dizer.

— Não precisa se desculpar. Eu só não entendi.

— É que a vida que você leva, ser famoso, estar cada dia em um lugar, querer esse tipo de amizade colorida... Isso não é pra mim, Rafa.

— É a melhor desculpa que consigo dar.

— Você precisa de uma pessoa mais normal, né, Gabizinha? Uma coisa mais careta, convencional, namoradinho pra segurar a mão, né?

— É... Passear no shopping, ir pra praia, tomar sorvete, almoçar na casa da sogra... Essas coisas mais normais mesmo.

— Cantar num palco pra, sei lá, quarenta mil pessoas é demais pra você, né, Gabizinha?

— É demais pra mim, Rafa.

— Eu entendo perfeitamente. Aliás, isso até facilita um pouco as coisas. Quer dizer, é melhor eu contar logo, porque uma hora ou outra você vai ver na internet...

— O quê?

— É que eu tô namorando a Milla. Depois daquele dia do show, ela me procurou e acabou rolando.

— Rafa, você tá namorando a Milla Reis e me convidou pra vir aqui no seu hotel e deixou isso tudo acontecer?

— Ah, Gabizinha, é assim mesmo...

— Não, não é assim. Mais uma prova do que eu disse. Realmente você não é pra mim, Rafa. Eu vou comer essa mousse de chocolate porque ela tá com uma cara incrível, aí vou embora e você não me procura nunca mais.

— Poxa, Gabizinha...

Pego a mousse, devoro em dez segundos e saio do quarto sem me despedir. Chego em casa, corro para a cozinha e anoto na folhinha: "Não quero ser uma Milla".

BODAS DE DIAMANTE

Chegou o grande dia. Seu Toninho e dona Mirtes comemoram hoje bodas de diamante. E eu estou tão feliz por fazer parte disso! Mal posso esperar para ver a cara do seu Toninho quando eles chegarem ao baile. Já está tudo certo, tudo combinado. Eu visitei o lugar na semana passada, conversei com o pessoal da banda e eles vão tocar "Fascinação", de Carlos Galhardo. Dona Mirtes disse que essa é a música deles.

Agora que já tenho carta de motorista, combinei de ir buscá-los para passearmos juntos. Convido o Lucas para ir também. Temos conversado muito nas últimas semanas, ele tem sido um grande amigo e uma companhia maravilhosa, mesmo que apenas virtual. Por isso, decido transportar essa amizade do celular para a vida real. Mas, assim como seu Toninho, o Lucas não faz ideia para onde vamos. Eu só disse que ele precisava se arrumar um pouquinho.

Chego à casa do Lucas, desço do carro que minha mãe emprestou e espero por ele. Quando me vê, abre um sorrisão e já vem me elogiando. "De matar", ele diz. E era exatamente isso que eu estava preparada para ouvir. Estou com um vestido lindo, que comprei especialmente para este dia. A parte de cima é um corpete rosa-antigo com detalhes e alças verde-água. A saia é mais soltinha, acima dos joelhos, creme, com flores em tons de rosa e verde. E sandálias nude, que também comprei para a ocasião.

— Acho que vou ter que voltar lá pra cima e me trocar — ele diz.

— Não. Você tá ótimo!

O Lucas veste jeans, camisa de manga curta xadrez cinza e branca, por cima de uma camiseta branca, e tênis azul-marinho. Está bem bonito, na verdade.

— Aonde a gente vai? — ele pergunta.

— Fazer uma coisa muito especial.

Chegamos à casa de seu Toninho e dona Mirtes. Ela vem nos receber no portão. O Lucas parece bem feliz de estar ali comigo. Eu o apresento para meus avozinhos, que, aliás, estão elegantérrimos. Seu Toninho pensa que vamos jantar em um restaurante chique, e vamos mesmo, mas depois, porque a nossa primeira parada é o baile da saudade num lugar tradicional no bairro da Lapa, aqui em São Paulo.

Quando estaciono o carro e abro a porta, um sorriso toma conta do rosto do seu Toninho. Ele dá uma boa olhada no lugar, reconhece, claro, porque era exatamente aqui que gostaria de comemorar o aniversário de casamento. Depois vira para dona Mirtes e manda um beijinho. Que cena mais fofa. Subimos as escadas para o salão e a recepcionista nos leva à nossa mesa. A banda ainda não começou a tocar, ainda tem muita gente chegando. Claro que eu e o Lucas somos os únicos que ainda não precisamos pintar o cabelo, mas muitos dos que eu observo chegando devem ter o espírito mais jovem que o meu.

Pedimos refrigerantes e água para o seu Toninho. Nada para beliscar, porque aqui só tem tranqueira e queremos mantê-lo bem longe dos provolones, calabresas ou pastéis que vemos circulando nas bandejas dos garçons.

A banda entra sob aplausos e rapidinho começa a tocar. O ritmo é forró, e o salão se transforma numa alegria que só. A segunda música segue o mesmo ritmo. Estamos os quatro sentados, só balançando o corpo de um lado para o outro. A terceira é um samba de gafieira, que coisa boa demais. Fico olhando para seu Toninho o tempo todo e ele está doido, doido para ir para o meio do salão, mas não convida a esposa porque acha que ela não sabe dançar. E a banda toca mais samba, forró, sertanejo e brega, até chegar o intervalo. Mesmo sem levantar da cadeira, estou me divertindo horrores só de observar a alegria, o entusiasmo e até a ousadia de alguns senhorzinhos. Percebo que dona Mirtes está muito nervosa. Tento acalmá-la, segurando sua mão. Está chegando a hora.

A banda volta, o vocalista pega o microfone e pede para os convidados se sentarem porque essa é uma dança especial. Todos deixam a pista livre, alguns permanecem de pé, mas nos cantos. Os músicos começam a tocar "Fascinação", olho para dona Mirtes, ela suspira, levanta, afasta a cadeira, fica em frente ao seu Toninho e lhe estende a mão. Ele está incrédulo, não entende muito bem e diz baixinho:

— Mirtes, o que você está fazendo? Quer ir embora?
— Levanta logo, Toninho. É a nossa música, a nossa comemoração
— Mas você não sabe...
— Levanta, homem — Mirtes diz mais alto e riem aqueles que puderam ouvir.

Eles seguem de mãos dadas até o centro do salão. Ele começa a conduzir dona Mirtes nos primeiros passos da valsa. E sorri tanto, parece não acreditar que a esposa está dançando, e tão bem, a música que marcou a história dos dois. Vão para um lado, para outro, rodopiam, e o vocalista pede, então, palmas para o casal que comemora sessenta anos de união. Bato tão forte, e já estou em pé a esta altura. O Lucas também, e ele olha o tempo inteiro para mim. Retribuo de vez em quando, mas minha atenção está mesmo naqueles dois anjos que Deus colocou na minha vida. Estou chorando e, pela primeira vez em muito tempo, é um choro feliz, de emoção. De repente, o Lucas encosta a mão na minha. Não tento tirar e deixo que ele segure, até que a música acaba e preciso dela de volta para aplaudir a cena mais linda que já vi. Seu Toninho e dona Mirtes se beijam e depois agradecem o carinho de todos com reverências sutis. Estão tão felizes que é impossível me segurar, e, tonta que sou, volto a chorar. E corro para abraçar meus velhinhos bailarinos.

— Tem dedo seu aqui que eu sei — seu Toninho diz para mim.

— O mérito é todo dela — falo, apontando para dona Mirtes.

— Não estou acreditando até agora. — Seu Toninho também tem os olhos cheios d'água.

— Eu fui lá na tal escola que você me enchia tanto pra ir — dona Mirtes confessa.

— E eu vou agradecer você por todos os dias que ainda me restam — seu Toninho diz, antes de dar mais um beijinho na boca da esposa.

— Vocês arrasaram — o Lucas diz.

O salão está tomado de novo e voltamos ao forró. Seu Toninho pede autorização para dona Mirtes e Lucas e me tira para dançar. Duas músicas seguidas, até que me "entrega" para o Lucas, afinal não pode abusar.

— Mas eu não sei dançar — ele diz, um pouco aflito.

— Ela também não. — Seu Toninho ri.

O Lucas e eu ficamos mais no cantinho, tento ensinar o pouco que sei, ele pisa no meu pé, eu no dele, e isso não poderia ser mais divertido. Seu Toninho e dona Mirtes voltam para o meio do salão e dançam agarradinhos. Entre nós quatro, os dois é que são os adolescentes apaixonados.

QUERO VOCÊ

Lucas: Amei o dia de ontem.
Eu: Também!
Lucas: Posso adotar o seu Toninho e a dona Mirtes como meus avós também?
Eu: Claro. Mas isso transformaria você no meu primo? Ou no meu irmão?
Lucas: Ou no seu namorado?
Eu: Lucas, Lucas...
Lucas: Gabi, Gabi... Ei, quer fazer alguma coisa? Sair, ir no cinema, em algum lugar?
Eu: Hoje não. Acho que prefiro ficar em casa com o Tião e a Belinha. Não fica triste comigo?
Lucas: Claro que não. Mas tá tudo bem?
Eu: Tô um pouco cansada desses altos e baixos que tenho passado. Um dia tá tudo bem, eu tô feliz, aí no dia seguinte tá tudo uma droga de novo.
Lucas: Vou te falar uma coisa que eu nunca disse. Eu acho, sempre achei na verdade, que você devia procurar ajuda.
Eu: Tipo um psicólogo?

Lucas: É.
Eu: Vou me sentir meio doida, sei lá.
Lucas: Não tem nada a ver. Você passou e tá passando por uma coisa muito difícil. Não tem por que ter vergonha de pedir ajuda.
Eu: A minha mãe queria que eu fosse, a tia Lili também.
Lucas: Eu sou do time delas.
Eu: Será?
Lucas: Não custa tentar.
Eu: Obrigada, Lucas. Vou pensar.
Lucas: Qualquer coisa me chama. Abraço.
Eu: Abraço.

Será que o Lucas, minha mãe e a tia Lili estão certos? Será que admitir que preciso de ajuda não me transforma exatamente naquilo que a Júlia sempre pensou de mim? Tem problema não ser tão forte assim?

Eu: Fabinho, tô precisando de você. Ainda tem saco pra me aguentar?
Fabinho: Que saudade, bi! Não que eu queira me gabar, mas meu saco é enorme.
Eu: kkkk. Saudade máster de você.
Fabinho: O que você quer, bi?
Eu: Você.
Fabinho: Ai, como eu queria ouvir isso do Bento.

Desde que eu conheço o Fabinho, nunca tinha ficado tanto tempo longe dele. Só quando ele chega aqui em casa é que entendo o tamanho da falta que o meu amigo me faz.

— Ainda tá bravo comigo?
— Um pouquinho.
— Ah, Fabinho... Desculpa. Eu sei que devia ter chamado você e que ninguém no mundo ia ficar mais feliz de estar comigo naquela hora. Mas é que eu acabei indo com o Rafa, não sei, nem pensei... Desculpa. — Começo a chorar.

Ele me abraça.

— Não fica assim, Gabi. Eu desculpo.

— Bri-Brigada. — Estou soluçando.

— Mas você não tá tão nervosa só por causa disso.

— A-Acho que n-não.

— Gabi, tá na hora de você começar a reagir de verdade.

— Eu s-s-sei.

Lavo o rosto, tomo um copo d'água. Depois de me acalmar um pouco, conto para o Fabinho que não sou mais virgem e tudo o que aconteceu com o Rafa. Ele comemora a primeira notícia, mas fica irritadíssimo logo depois e o xinga de canalha para baixo.

— A gente sabia que nunca ia dar em nada, né?

— Ah, eu tinha uma esperançazinha de você namorar ele e eu acabar pegando alguns atores por tabela.

— Seu besta.

Falo sobre o Lucas, seu Toninho e dona Mirtes, o próximo desejo da Júlia, e vem do Fabinho a ideia de eu tatuar um coração. Amo. E ele me conta dos seus casos e, que bafo, confessa que pegou o Nico.

— Como assim?!

— E foi ele que me procurou!

— Mas eu nunca imaginei.

— Pior que nem eu. Meu radar falhou feio. Ele falou que é bi e que todo mundo sabe. O Lucas também, claro. Você ficou brava?

— Não. Na verdade, essa notícia é incrível. Tô até aliviada.

— Porque isso vai te deixar mais tranquila pra ficar com o Lucas?

— Eu te adoro, bi — falo.

— Que é isso agora?

— Sei lá... Só me deu vontade de falar.

— Também adoro você, sua bobinha.

SPLENDIDO

— *Fermati che stai mi facendo male!*
E ele para, *grazie a Dio*.

Levou doze horas para percorrer os 9.503 quilômetros que separam São Paulo de Roma. O voo era noturno, então consegui dormir um pouco, apesar do medo. Saltar de paraquedas não foi tipo uma terapia de choque que me fizesse perder o pavor que tenho de avião.

É a primeira vez que saio do Brasil. Estou superanimada, mesmo que vá ficar apenas três dias em Roma. Quase vou passar mais tempo no céu que na Itália, ainda assim vale muito a pena. A Ana me deu a passagem, disse que foi baratinha porque tem desconto e ainda tinha sobrado lugar no avião. Foi tudo muito corrido, ela me avisou praticamente no mesmo dia em que embarquei. Ainda bem que meu passaporte estava em dia, apesar de nunca ter usado. Fiz o documento quando meus pais disseram que a gente ia para o México, mas acabou não dando certo no fim. A Ana até perguntou se eu queria ficar mais tempo na Itália, mas preferi voltar com ela. Não quero ficar sozinha num lugar tão distante, não.

Foi engraçado ver a Ana trabalhando. Toda educada, sorridente. Não que ela seja chata, de jeito nenhum, mas simpatia não é uma das coisas que costuma esbanjar por aí. Ela fica elegantérrima no uniforme de comissária, com o cabelo preso num coque, maquiagem impecável e batom vermelho. Não é à toa que desperta tanto interesse nos homens. Além do fetiche todo que já vem embutido na profissão, ela tem mesmo algo a mais. Talvez seja a segurança, a imagem de mulher bem-sucedida, decidida e até arrogante que ela passa. Vê-la trabalhar me desperta ao mesmo tempo um tiquinho de inveja, como percebi em várias passageiras ao meu redor, que mediam a Ana de cima a baixo toda vez que ela vinha servir alguma coisa, e também orgulho. Tive vontade de contar para o homem sentado ao meu lado que ela era minha tia. Assim, sem motivo algum, só para dizer que a conheço e parecer um pouco mais interessante por isso.

Chegamos às duas da tarde à Itália. Com a demora na imigração e na esteira de bagagem, deixamos o aeroporto quase às quatro. A Ana acha melhor a gente ir direto para o estúdio de tatuagem indicado por um amigo dela para tirar logo isso da frente e depois sobrar tempo para passear pela cidade.

Está frio, muito, muito frio. Pegamos um táxi e são meio loucos os italianos para dirigir. Correm, discutem, estacionam o carro de atravessado em qualquer meia vaga esquecida no caminho. Parados no semáforo, observo um motorista flertando com duas mulheres que andam a pé pela rua. Pois não é que o tal achou que o farol tinha aberto, acelerou, ainda com a cabeça para fora da janela, mexendo com as moças, e tascou o carro na traseira do da frente? Maior confusão, quase acaba em briga.

Saltamos do táxi em uma ruela de paralelepípedos. O motorista fala alguma coisa que eu não entendo para a minha tia e aponta na direção de uma escadaria no fim da rua.

— Temos que descer ali — a Ana diz.

Ao fim dos degraus encontramos um toldo e, embaixo dele, várias mesas e cadeiras de um restaurante. Ao lado, uma portinha com o nome Bella Tattoo. Entramos.

O lugar é bem pequeno, claustrofóbico até. Tem duas paredes de tijolinho à vista e as outras são grafitadas por inteiro. Somos atendidas pela recepcionista, uma moça com o cabelo longo, preto e escorrido, um piercing de argola ligando uma narina à outra, os braços fechados de tatuagens, um decote enorme mostrando o colo todo coberto de desenhos e os olhos azuis mais claros que já vi na vida, compondo a beleza mais estranha com a qual já me deparei.

Ela nos cumprimenta e pergunta alguma coisa, que não faço ideia do que é. A Ana responde e pega da minha mão o papel com o desenho que escolhi fazer. Um coração formado por arabescos a partir das letras G e J, que meu pai encomendou a um amigo ilustrador. Eu achei lindo. Quero pintá-lo todo de vermelho, com o contorno preto.

A moça nos leva para outra salinha, um pouco maior e mais clara. Ali está sentado um careca que só não tem o rosto tatuado. Ele estende a mão e nos cumprimenta. Entrego a arte e ele faz um estêncil a partir do meu desenho, depois coloca o papel sobre o meu pulso. Aquilo funciona como um carimbo, e em pouco tempo tem o rascunho da minha tatuagem estampado no meu braço. Adorei, espero que a Júlia goste também.

Até aqui tudo tranquilo, mas, quando ele pega a máquina e começa a fazer o contorno do coração, quase morro.

— *Fermati che stai mi facendo male!*

"Para que está doendo" foi a única frase que aprendi a falar em italiano quando decidi vir para cá.

— *Che ragazza debole, che non suporta neanche um pò di dolore.* — Olho para a tia Ana, porque não compreendo uma palavra que o tatuador diz.

— Ele falou que você é uma fracote que não aguenta uma dorzinha de nada.

— Ah, não? Então manda ele terminar logo. Vamos ver quem é fracote!

Enquanto estou sob tortura, lembro do último item da minha lista para a Júlia: aprender outra língua além do inglês. Talvez eu tome para mim esse desejo e comece a estudar italiano, nem que seja para poder escolher as palavras certas para xingar um certo tatuador que está me matando de dor.

Pouco mais de cinquenta minutos depois, está pronta a tatuagem que fiz para a minha melhor amiga. Tiro uma foto e mando para o Lucas. *Splendido*, ele diz.

COMO OS ROMANOS

Saímos do estúdio de tatuagem, pegamos o metrô e vamos para um lugar chamado Piazza di Spagna. Ali tem uma escadaria linda e, apesar de ser quase primavera, está frio pacas, uns cinco graus. Não sei como as pessoas conseguem ficar sentadas nos degraus, congelando a bunda. No alto tem uma igreja, e embaixo, uma fonte com a escultura de um barco. A iluminação indireta deixa tudo supercharmoso.

Tomamos um chocolate quente em um dos restaurantes da região e caminhamos uns dez minutos até chegarmos à Fontana di Trevi, uma das coisas mais maravilhosas que já vi na vida. As estátuas representam o carro de Netuno sendo guiado por outros deuses marinhos. A tradição manda jogar uma moeda na fonte e fazer um pedido. A verdade é que estou um pouco cansada dessa coisa de realização de desejos e nem sei exatamente o que pedir. A Ana joga uma moeda sem titubear, já eu prefiro ficar um tempo ali, admirando o monumento.

A fome começa a bater, assim como o cansaço. Embora ainda sejam seis da tarde no Brasil, venho de duas noites maldormidas. Estou morrendo de dó de ir embora deste lugar. Queria que este momento congelasse e durasse para sempre. Mas, como não tem jeito, o negócio é fotografar para olhar diversas vezes e lembrar da sensação que ele me causa. E é neste momento que tenho certeza do que quero pedir. Tiro do bolso uma moeda de dez centavos de euro e jogo na fonte. Depois de muito tempo cumprindo as vontades da Júlia, enfim um desejo meu. E é genuíno: não sentir culpa por estar feliz.

Não gastamos nem vinte minutos caminhando por algumas ruas estreitas e encantadoras de Roma até chegar ao nosso hotel. Vamos direto para o restaurante. Pedimos espaguete ao sugo e tomamos uma taça de vinho cada uma. É gostoso, eu me sinto leve. Subimos para o quarto, tomo um banho e desmaio.

São nove da manhã, acordamos, nos vestimos e descemos para tomar café. Vamos até o ponto de ônibus e seguimos para o Coliseu. As ruínas são incríveis. E é muito louco pensar que bem aqui, quase dois mil anos atrás, gladiadores se matavam enquanto o público se divertia. Dá para ver onde eram os calabouços, a arena e toda a arquibancada. Majestoso.

Depois de passear por ali seguimos até o Palatino, um monte enorme, lotado de ruínas. A mitologia italiana conta que os príncipes e irmãos Rômulo e Remo foram jogados em um rio pelo tio, que queria lhes roubar o trono. Os gêmeos foram encontrados por uma loba perto do monte Palatino, que os resgatou e os alimentou. Quando cresceram, por uma desavença, Rômulo matou Remo e fundou a cidade de Roma, que seria aqui, no Palatino. Depois, na época do Império Romano, era nesse local que ficavam os palácios dos imperadores.

Já passa de uma da tarde e meus pés latejam de tanto andar por ruínas, mas não me importo: reviver a história compensa qualquer dor. Na sequência vamos para o Fórum Romano e o que vemos são mais ruínas, ruínas e ruínas. Vou mandando fotos para o Lucas, que se diz impressionado. Não sei por que penso também na Lorena. Seria muito legal se ela estivesse aqui, seria uma ótima companhia.

Já são quase três horas, e paramos em um dos diversos restaurantes da região para almoçar. Vamos de penne à carbonara. *Delizioso, meraviglioso!*

Caminhamos até a Basílica de Santa Maria Maggiore e aproveito para rezar e agradecer por isto que estou vivendo. A basílica é suntuosa e possui lindos mosaicos. Não sou de frequentar igrejas no Brasil, mas confesso que estou me sentindo em paz aqui.

A Ana me apressa, porque temos muita coisa ainda para conhecer e pouco tempo. Estou cansada, mas morrendo de vontade de visitar tudo o que for possível. Tomamos um táxi e paramos no Panteão. É inacreditável como cada lugar em que eu entro é mais bonito que o anterior. No meio do Panteão tem uma cúpula com um círculo aberto bem no topo, por onde entra luz natural. Já está quase anoitecendo, mas é possível ter uma ideia de como deve ficar lindo quando o sol invade o domo. Este é um dos monumentos mais bem preservados de Roma, e tem mais de dois mil anos. Foi criado inicialmente para ser um templo politeísta, mas pertence à Igreja Católica desde o século sete. Hoje em dia é uma igreja e também um mausoléu, já que alguns reis italianos estão enterrados aqui, além do pintor Rafael. Uma verdadeira obra-prima.

A noite termina em um restaurante na Piazza Navona. Para variar, outro lugar incrível que tem uma fonte linda. Pedimos pizza margherita e um vinho branco. Acho um pouco forte, não consigo beber muito e deixo para a Ana quase metade da taça. Voltamos para o hotel, mando outra mensagem para o Lucas, dizendo que gostaria que ele pudesse ver tudo o que vi. Desligo o celular e durmo, outra vez, um sono pesado.

No dia seguinte, fazemos o checkout logo depois do café da manhã e deixamos a bagagem na recepção do hotel. Reservamos a manhã para visitar o Vaticano. Chegamos bem cedo e conseguimos entrar rápido na Basílica de São Pedro. A igreja é linda, mas não ficamos muito tempo por lá, embora seja enorme e cheia de obras de arte, como a *Pietà*, de Michelangelo. Temos que correr, porque o nosso voo sai às sete da noite e ainda quero ver a Capela Sistina.

Ficamos quase uma hora e meia na fila para entrar nos Museus do Vaticano, mas a espera compensa. É inacreditável a beleza deste lugar, e como é enorme! Não vai dar tempo de visitar todos os salões, então optamos por dispensar alguns. Os pontos mais marcantes são as exuberantes salas de Rafael e, claro, a Capela Sistina. É menor do que eu imaginava, mas deslumbrante. Ficamos ali um tempão, só admirando. Perdemos um pouco a noção do tempo e, quando vemos, já são mais de duas da tarde. Saímos do Vaticano e caminhamos uns vinte minutos até chegar ao Castelo Sant'Angelo, mas não dá tempo de entrar.

    Acabaram todos os meus adjetivos para descrever Roma. Volto para o Brasil com um coração tatuado e deixo o de verdade na Itália. Brega, porém fato.

CAUSA E CONSEQUÊNCIA

Faltam poucos dias para as aulas no cursinho começarem. Estou ansiosa e bem determinada. De vez em quando bate uma decepção por ainda não estar na faculdade. As aulas do Fabinho já começaram. Ele está estudando artes cênicas, e sei que vai se dar muito bem. A Lorena eu não faço ideia se passou em algum lugar.

Não queria pensar assim, mas acaba sendo inevitável: tenho certeza de que, se eu tivesse prestado alguma universidade particular, como a do Fabinho, teria entrado. Meus pais disseram que podem dar um jeito de pagar a mensalidade, que conversaram com meus avós e todos podem ajudar. Mas não quero que seja assim, então vou me esforçar ao máximo. De toda forma, combinei que vou tentar as universidades públicas, mas, diferentemente do ano passado, vou me inscrever também em algumas particulares. Talvez eu preste vestibular para outra coisa além de medicina. Algo mais viável. Minha mãe não quer de jeito nenhum que eu desista dos meus sonhos. Mas, a esta altura, nem tenho mais certeza de quais são eles.

E é assim que eu começo a minha primeira sessão de terapia: falando sobre a não faculdade, uma possível desistência de algo que sempre acreditei ser o melhor para mim, a falta de perspectivas e, até, de vontades. A solidão. No fim acabei me rendendo ao pedido dos meus pais, do Fabinho e do Lucas. É esquisito falar sobre isso tudo com uma desconhecida. Só que também é mais fácil que abrir coisas tão íntimas a alguém próximo demais. Paradoxal, mas uma verdade. Conto, claro, sobre a lista, a saudade e a culpa.

— A culpa, Gabriela, está muito relacionada a um estágio do luto — a Vera, minha terapeuta, começa a me explicar. — Passamos por algumas etapas que são, sim, muito marcadas, embora se misturem bastante ao longo do processo, até chegarmos à aceitação. Sentimos raiva, culpa por sentir essa raiva e uma tristeza profunda.

— Eu sinto muita raiva mesmo. Até da Júlia. Principalmente dela.

— É natural, porque é como se ela tivesse abandonado você. É aquela sensação de "Por que você fez isso comigo?", "Por que você foi embora e me deixou aqui?"

— Exatamente isso. Eu não consigo entender...

— E é muito natural você se sentir culpada por ter raiva da sua amiga. Mas na verdade a raiva não é dela, não é da Júlia. É da morte dela.

— E por que eu me sinto mal por ter momentos em que estou bem? Algumas dessas realizações me trouxeram uma alegria que parece que não tenho o direito de sentir.

— Existe um aspecto clássico das questões mais profundas do ser humano que é a punição *versus* o prazer. Você está se punindo com a culpa por viver situações de prazer. E só está tendo esse prazer porque está realizando esse monte de desejos, que só existem, infelizmente, porque a Júlia morreu. Se ela estivesse viva, talvez você nunca fizesse nada disso na sua vida.

— Com certeza eu não faria metade dessas coisas. Mas, Vera, será que eu nunca mais vou me sentir bem?

— Existe uma simbologia muito grande nisso que vocês chamaram de brincadeira. Quando criaram essa lista, na verdade, era a possibilidade que cada uma estava dando à outra de ser feliz independentemente da que fosse embora. Isso aproxima ainda mais vocês duas.

— Mas, depois que a lista acabar, a distância vai aumentar. Não vai sobrar mais nada.

— Quando a lista acabar, vai sobrar a versão da Gabriela que a Júlia imaginou que existiria quando cumprisse todos os desejos que ela deixou. Vai ficar a garota que a Júlia acreditava que seria mais feliz.

Não sei ao certo como saio da terapia. Se estou melhor ou pior. Entrar nesse processo faz parte também de aceitar que a Júlia morreu e nunca mais vai voltar. E eu não sei se quero aceitar isso, se quero assumir que essa é a única verdade. Porque não estou pronta para me despedir.

Eu: Pode vir na minha casa?
Lucas: Claro. Quando?
Eu: Hoje?
Lucas: É que as minhas aulas já começaram. Só consigo ir hoje se for depois da faculdade. Mas é muito tarde.
Eu: Pode vir assim mesmo?
Lucas: Posso, sim ;)
Eu: Abraço.
Lucas: Abraço.

DE CHOCOLATE

Recebo uma mensagem do Lucas dizendo que já está chegando. São onze e quinze da noite. Ligo na portaria para avisar que ele vai subir e peço para não interfonarem. Meus pais já estão dormindo e não quero que acordem. Peço também para o Lucas mandar mensagem para eu abrir a porta, em vez de tocar a campainha. E, assim que a recebo, saio correndo para a sala. O Lucas entra e eu o abraço forte.

— Tá tudo bem? — ele pergunta. — Aconteceu alguma coisa?

— Comecei a fazer terapia hoje. Eu achei que ia me sentir melhor, mas não estou nada bem.

— Tenho certeza de que não é um processo rápido assim.

— Eu sei. Hoje foi só o começo. Você acha que eu sou fraca por precisar de ajuda?

— De jeito nenhum. Acho você até mais forte que a maioria das pessoas, só pela vontade que tem de melhorar. É corajoso admitir que a gente precisa ajuda. E você é a garota mais corajosa que eu já conheci.

O Lucas diz isso olhando bem nos meus olhos. Fico até arrepiada. Ele acaricia meu rosto, parece que vai me beijar. Eu me afasto um pouco, pergunto se quer alguma coisa. Ele pede um copo d'água. Vamos até a cozinha, abro a geladeira e sirvo para ele um pedaço de bolo de brigadeiro gelado, uma das poucas sobremesas que a minha mãe se orgulha de fazer muito bem. Está incrível e ele pede para repetir. Quando abro a porta da geladeira de novo, ele repara na folhinha. Não tinha visto da outra vez. Levanta do balcão e chega mais perto.

— "E eu sou essa", "Ti voglio bene, Italia", "Um sonho de valsa", "Não quero ser uma Milla" — o Lucas lê em voz alta. — Que mês agitado, hein?

— Ei, esses são os meus segredos.

— Mas todo mundo que entra na sua casa pode ver isso. Então não dá pra chamar de segredo.

— Claro que dá. Meus pais não sabem o que a metade quer dizer.

— Eu entendi todos.

— Quer mais? — Aponto para o prato com migalhas de bolo, tentando mudar de assunto.

— Nossa, não aguento mais. Me diz uma coisa, Gabi. Por que você me chamou aqui hoje?

— Porque eu não tô bem e você sempre me faz melhorar.

— Comigo parece ser o contrário.

Fico surpresa e desapontada com o comentário.

— Por que você tá dizendo isso?

— Chega de agir como criança, de fazer de conta que não entende, Gabi. Você sabe que eu gosto de você. E toda vez que me manda mensagem ou me chama pra fazer alguma coisa importante, tipo o dia do baile do seu Toninho e da dona Mirtes, ou passar na sua casa depois das onze da noite, eu me empolgo, fico achando que pode acontecer alguma coisa, sei lá... Aí eu vejo na sua folhinha que uns dias atrás você encontrou o Rafa Moraes. Virei stalker desse otário por sua causa, sei que ele está namorando a Milla. Você acha que eu sou tonto e não vou perceber...

— Não acho que você é...

— Talvez eu seja besta mesmo. Não porque eu não entenda, mas porque eu finjo pra mim mesmo que vai ser diferente. E fico tentando encontrar em qualquer atitude ou palavra sua um sinal de que você pode estar começando a sentir por mim o que eu sinto por você. Mas a verdade é que eu tô ficando cansado...

Então eu me coloco na ponta dos pés, apoio a mão no pescoço do Lucas e beijo a boca dele. Beijo de chocolate, beijo diferente dos que beijei no Rafa ou no Pedro. É mais de verdade. Quando acaba, a gente se olha e a gente sorri e a gente não sabe o que vai acontecer amanhã e a gente não quer pensar nisso agora.

DEPOIS

Eu: Vamos ver o que acontece.
Lucas: Sem pressão.
Eu: Por favor!
Lucas: Mas posso falar a verdade?
Eu: Lá vem...
Lucas: É que eu não sei como agir.
Eu: Aja como sempre.
Lucas: Mas e da próxima vez que a gente se encontrar?
Eu: O que tem?
Lucas: Como vai ser?
Eu: Sem pressão, você mesmo disse.
Lucas: Tá. Deixa rolar, né?
Eu: Deixa rolar.
Lucas: Mas posso dizer que adorei?
Eu: Pode.
Lucas: Adorei.
Eu: E eu posso dizer que também?
Lucas: Deve.

Eu: Também adorei.
Lucas: Tô entrando numa reunião agora. Bom dia pra você.
Eu: Bom dia.
Lucas: Abraço.
Eu: Beijo.

DA COR DA PAZ

O último envelope. O último desejo. O último elo que me liga à Júlia. Tenho medo de esquecê-la. De ir apagando da memória os detalhes, como a mania de enrolar no indicador os cachinhos de cabelo enquanto o olhar vagava e a mente viajava, ou a forma, estereotipada até, de colocar as mãos na cintura e bater o pé direito no chão quando estava irritada. E tantos outros gestos e trejeitos que vão sendo, de pouco em pouco, borrados.

Pego o envelope. É branco. Não sei se tem algum significado, não sei se foi de propósito, mas é a cor da paz. E eu preciso encontrar a minha. O meu silêncio. Porque o ruído aqui dentro ainda é forte demais. Daqui a pouco, bem pouco, vai fazer um ano, Júlia, e continua esse estardalhaço. Uma das coisas que eu mais queria era que o tempo passasse, porque, dizem, é ele que cura. E então ele passou e as feridas continuam abertas. A minha psicóloga disse que elas vão, sim, fechar. A palavra *paciente* não é à toa, e as coisas demoram a passar, mas vão, ela afirmou, elas vão.

Abro o envelope.

Oi, Gabi. E aí?

Existem algumas possibilidades que levaram você a ler esta carta e, ao que tudo indica, nenhuma delas é muito boa pra mim.

A primeira hipótese é você estar lendo porque não suportou a curiosidade. Se for isso, tenho certeza de que uma hora ou outra você vai deixar escapar e aí eu vou ficar bem brava, vou dar chilique, mas logo vou esquecer, como sempre. Ou é isso ou eu morri mesmo, e aí lascou. Tomara que tenha sido de velhice. Se foi, muito provavelmente você não cumpriu nenhum dos meus desejos e foi abrindo um envelope em seguida do outro, até chegar nesta carta. Dependendo da idade que você tiver, eu perdoo. Se for lá pelos setenta, esquece. Se vira e pode realizar pelo menos metade da lista.

Agora, se eu morri nova... Baita sacanagem, né? Mas, se isso aconteceu, acho que você deve estar chateada demais para eu ficar aqui me lamentando. Só quero que me prometa que vai cuidar dos meus pais e do meu irmão. Eles são muito sentimentais, tipo você, e vão precisar de ajuda. Então fica por perto, tá?

Espero, do fundo do coração, que tenha se divertido um pouco com as coisas que pedi para você fazer. Eu morreria para te ver saltando de paraquedas, distribuindo abraços a estranhos, dançando e, principalmente, cantando para uma multidão. Torço para que os meus desejos tenham lhe proporcionado momentos inesquecíveis.

Não imagino quanto tempo passou até você chegar a esta carta. O problema é que, se eu te conheço, e eu acho que sim, você ainda não deixou que outra pessoa tomasse o meu lugar. Já pensou que, se você chegar um pouquinho para o lado, vai abrir espaço suficiente para mais alguém sem necessariamente ocupar o meu? Eu vou ficar com um pouco de ciúme (muito ciúme, na verdade), mas vou sobreviver (força de expressão, por motivos óbvios). Então o negócio é o seguinte, Gabriela Muniz: eu te amo, minha verdadeira amiga, e por isso liberto você. Seja feliz. Do jeito que quiser, mesmo que esse jeito não seja o que eu acho que deveria ser. Mas, acima de tudo, por favor, não seja sozinha. Este é o último desejo que deixo para você realizar: tenha uma nova melhor amiga.

O maior beijo de todos os mundos,

Júlia

Fecho a carta e a guardo no envelope. Tião pula na minha cama e vem pedir um afago. Justo ele, que não é disso. Coço a orelha do bichinho e o encho de beijinhos. Deito na minha cama. Olho para o teto, enquanto sinto algumas lágrimas esquentarem meu rosto. O teto é branco, branco é a cor da paz. Eu vou encontrar a minha.

Pego o celular e ligo.

— Oi, Lorena. Tudo bem?

AGRADECIMENTOS

Gostaria de agradecer muito a você, que dedicou tempo à leitura deste livro. Espero, de verdade, que ele tenha lhe proporcionado bons momentos.

Meu obrigada, de coração, aos meus agentes: Lucia Riff, Eugênia Ribas Vieira, Roberto Matos, Miriam Campos e todos da Agência Riff, por confiarem no meu trabalho. Graças a vocês, este sonho se concretizou.

Sou extremamente grata a Raïssa Castro, por ter me dado a oportunidade de ver meu primeiro romance publicado, a Ana Paula Gomes, a Lígia Alves, a Raquel Tersi e aos demais profissionais da Verus Editora.

Preciso também agradecer à pessoa sem a qual nada disso teria sido possível: minha irmã, Cláudia de Castro Lima, a primeira leitora e editora dos meus textos, meu grande ídolo e minha principal fã. A Cláudia acredita em mim muito mais do que eu mesma, e foi por causa dela que a Lucia conheceu meus livros. Um agradecimento mais que especial aos meus amados pais, Regina e Jairo, as mãos que seguram as minhas e que nunca me deixam cair.

Muitíssimo obrigada a Vera Oliveira, psicoterapeuta incrível, que já salvou inúmeras vezes a minha vida, me ajudou a entender as fases do luto e também me orientou na cena em que Gabriela tem sua primeira consulta com a psicóloga.

E, por último, mas não menos importante, meu grandessíssimo obrigada ao Guga Bacan, meu companheiro, pai do nosso Gabriel e da nossa cachorra Sofia, que me incentivou e encorajou a voltar a escrever (eu havia parado lá na adolescência), para quem leio capítulo por capítulo enquanto estou escrevendo e que me ajuda com ideias preciosas e fundamentais para minhas histórias. Além, claro, de segurar a bronca com o pequeno enquanto eu me divirto em frente ao computador.

Obrigada a todos vocês. Obrigada. Obrigada. Obrigada.

Impresso no Brasil pelo Sistema Cameron da Divisão Gráfica da
DISTRIBUIDORA RECORD DE SERVIÇOS DE IMPRENSA S.A.